Christian Linker

UND DANN WEISS JEDER, WAS IHR GETAN HABT

Thriller

dtv

Ausführliche Informationen über
unsere Autoren und Bücher
www.dtv.de

Von Christian Linker sind bei dtv junior außerdem lieferbar:
Das Heldenprojekt
Doppelpoker
Blitzlichtgewitter
Absolut am Limit
Stadt der Wölfe
Dschihad Calling
Der Schuss
Scriptkid – Erpresst im Darknet

MIX
Papier aus verantwortungsvollen Quellen
FSC® C083411
FSC
www.fsc.org

Originalausgabe

Umschlaggestaltung: buxdesign, München
Illustration: Ruth Botzenhardt
Gesetzt aus der Aldus 11/14˙
Satz: C.H.Beck.Media.Solutions, Nördlingen
Druck und Bindung: CPI books GmbH, Leck
Printed in Germany · ISBN 978-3-423-74042-5

1

Constantin

Von wegen
bosshaft …

Seh sie da immer vor mir stehen,
Precious,
glotzt mich an.

Scheißtraum,
geht nicht weg.
Bin ja nicht mal am Schlafen.
Kann nie wieder schlafen, Scheißzeug.
Aber ist ja gar nicht Precious jetzt,
ist doch nur Nessa.
Liegt neben mir, friedlich, ich spür ihren Atem im Gesicht,
sie schläft.
Ich nicht.
Nie mehr. Bin immer noch
so was von
drauf.
Muss …
Fuck.
Muss Daria anrufen.

Daria

Okay, Daria, er meldet sich nicht. Aber du hast ihm ja versprochen, dass du ihn nicht stalken wirst. Du willst keine Spießerin sein. Schon gar nicht heute Abend.

Puh … heute Abend. Als ob es nicht schon anstrengend genug wäre, dass wir erst noch zu Muriel müssen.

Komm. Bleib locker, Daria. Du bist achtzehn, du bist ein großes Mädchen. Und du kannst später immer noch Nein sagen.

Muriel

Was heute Abend geschehen soll, wird Precious nicht wieder lebendig machen.

Aber mich vielleicht.

Zumindest wirst du dich nach diesem Abend an mich erinnern. Beziehungsweise an Precious. Denn darauf kommt es mir an. Das Schicksal von Abertausenden liegt im Dunkel; in der ewigen Nacht am Grunde der See, wo die zerfressenen Reste ihrer Leichen zergehen. Niemand will dafür verantwortlich sein. Aber Precious starb auf dem falschen Meer. Und der, der an ihrem Tod schuld ist, trägt einen Namen.

Am Ende dieses Abends wird mich niemand mehr für verrückt halten.

Das dekadente Heimkino im Souterrain unseres Hauses ist ideal. Fensterlos und praktisch schalldicht. Damit du mich gleich am Anfang richtig verstehst – ich weiß schon selbst, dass meine Idee skrupellos ist. Vielleicht sogar grausam. Aber notwendig. Schon immer hatten die Menschen das Bedürfnis, dann und wann jemanden öffentlich abzuschlachten. Die Römer veranstalteten Gladiatorenspiele und Kreuzigungen, im Mittelalter verbrannte man Ketzer auf dem Scheiterhaufen und flocht Verräter aufs Rad. Heute haben wir Internet. Und ich werde es benutzen.

An der Stirnseite des Raumes glänzt die leicht konische Leinwand von hundertachtzig mal hundertzwei Zentimetern, seitlich davon ragen schlanke High-End-Alu-Boxensäulen empor; ein Dreihundert-Millimeter-Subwoofer komplettiert das ultimative Surround-Sound-Erlebnis. Es sieht aus wie der Altar eines Science-Fiction-Tempels. Eines Tempels ohne Götter. Der eigentliche Gott krallt sich unter die Zimmerdecke: ein High-End-Beamer, der von dort oben extrem tiefenscharfe Bilder herabschleudert. In einem auf komplizierte Weise errechneten Abstand zu diesem Altar stehen zwei schwere weiße Ledersessel und dazwischen ein Glastisch. Hier werden Filme zum Ereignis. Was nur leider kaum geschieht, denn ich selbst sitze nie hier unten, das ist mir zu affig. Und mein Vater ist ja selten zu Hause. Ich hab nie verstanden, wozu er diesen Raum für zigtausend Euro ausgestattet hat oder die übrigen Räume oder warum er uns überhaupt dieses riesenhafte leere Albtraumhaus kaufen musste. Vielleicht ist der einzige Grund der, dass er es sich eben leisten kann. Auch heute Abend werden wir hier keinen Film *anschauen*, sondern einen *produzieren*. Der Altar hat es verdient, dass auf ihm einmal ein würdiges Opfer dargebracht wird.

Ich schiebe also die beiden Sessel und den Tisch genau vor die Leinwand und drehe sie um, bis sie auf den Glastisch blicken. Den wiederum stelle ich zur Seite und baue an seiner Stelle das Stativ mit der Kamera auf. Im *Geräteschuppen* (das ist der Raum hinter der Tür an der linken Seite, gleich gegenüber der gut sortierten Hausbar) finde ich außerdem zwei starke Lampen, Baustrahler vermutlich. Aufbauen, anschließen – und das Kino erstrahlt in perfektem Studiolicht. Zufrieden nehme ich testweise in einem der Sessel Platz, schaue in die Kamera und sage mit sehr ernstem Gesicht: »Guten Abend, meine Damen und Herren. Ich heiße Constantin Rüdenscheid und bekenne mich schuldig am Tod von Precious Mamza. Von Precious, die aus Nigeria geflohen war. Durch meine unstillbare Gier und mein eitles Machtstreben habe ich sie …« – ich muss schlucken – »in den Selbstmord getrieben.« Ich räuspere mich. »Mit meinem Geld habe ich mir ihren geschundenen Körper gekauft. Als Letzter in einer langen Reihe skrupelloser Männer habe ich sie zum Objekt gemacht, ihren Leib benutzt und weggeworfen. Nachdem sie ihre Familie verloren hat und dem Terror in ihrer Heimat entkommen war, nachdem sie alle Grenzen überwunden hat und hier bei uns hätte in Sicherheit leben können, habe ich den übrig gebliebenen Rest ihrer Seele zerstört, nur um mich am Gefühl von Besitztum zu berauschen, an der Geilheit des Beherrschens.«

Ein Kloß wächst mir im Hals. Wenn ich an Precious denke, sehe ich ihren alten Parka mit der Fellkapuze in der schwachen Brandung dümpeln, vom Salzwasser getränkt. Das Bild steht mir so scharf vor Augen wie an jenem eisklaren Herbstmorgen am Ostseestrand vor über einem halben Jahr; so scharf, als würde es vom Beamer über mir ausgeworfen. Ich sehe den aufgeweichten Zettel, den ich in der Jackentasche fand, darauf kaum noch lesbar die vier Worte in Precious' klarer, kräftiger Handschrift: *The rest is silence.* Ich würge den Kloß hinunter und springe auf. Stelle mich hinter die Kamera und erwidere kühl: »Schau, jetzt ist es raus. War doch gar nicht so schwer, Constantin. Fühlst du dich nicht erleichtert?« Ich lächle dem leeren Sessel gönnerhaft zu und frage: »Möchtest du unseren Zuschauern da draußen noch irgendetwas sagen? Zum Beispiel … sie um Erbarmen bitten? Willst du um die Gnade betteln, die du selbst deinem Opfer vorenthalten hast?«

Er schweigt. Ich versuche mir vorzustellen, wie es wäre, wenn ich ihn wirklich bis zu diesem Punkt kriegen würde: dass er es zugibt. Vor uns und aller Welt. Aber es gelingt mir nicht. Ich kann mir sein Gesicht überhaupt nicht mit schuldbewusstem Ausdruck vorstellen. Reumütig. Zerknirscht. Bußfertig. Was für wundervolle altertümliche Worte! Keines davon passt zu ihm. Ich stelle ihn mir vor und sehe ihn da lässig im Sessel mehr abhängen als sitzen, wie er mit seinem selbstgefälligen Grinsen sagt: »Hältst du mich wirklich für so blöd, Muriel? Denkst du, ich schnalle nicht, was du hier abziehst? Denkst du, ich hab nicht die ganze Zeit schon gecheckt, dass diese Kamera nicht nur aufzeichnet, sondern gleichzeitig alles live ins Internet streamt?«

Ja, ich gebe zu, ich halte ihn tatsächlich für so blöd. Zumindest glaube ich, dass er vor lauter Gehabe und Gepose nicht darauf achten wird, ob die Kamera gerade läuft oder nicht. Sich nicht fragt, warum da ein Kabel angeschlossen ist und wohin es führt. Er nicht. Aber Specki-Lenny vielleicht. Der interessiert sich jedenfalls für Technik. Und die rote Özge ist ohnehin stets kritisch. Selbst unsere heilige Jungfrau Daria könnte im wahrsten Sinne des Wortes über so ein Kabel stolpern. Die vier denken schließlich, sie kämen zu mir, um hier ein paar Takes für unseren Abifilm aufzuzeichnen. Sie haben keine Ahnung, dass sie stattdessen im Film ihres Lebens mitspielen werden, ohne Schnitt und Outtakes, live und unzensiert. Und deshalb wird es nicht *diese* Kamera sein, die Constantins Geständnis übertragen soll, sondern eine zweite.

Die müsste ebenfalls irgendwo im *Geräteschuppen* sein. Das ist natürlich eine irreführende Bezeichnung für diesen Raum, dessen akkurat beschriftete Metallregale von jedem Ding der Welt, in das man Kabel stecken kann, mindestens ein Exemplar bergen. Außer einen elektrischen Stuhl vielleicht. Wobei – ich hab noch nicht alles durchgeschaut, es ist einfach viel zu viel Zeug. Mein Alter bekäme einen Herzinfarkt, wenn er wüsste, dass ich weiß, wo der Schlüssel ist. Und dass ich mir mit seinem Zeug ab und zu etwas Zeit vertreibe. Wobei es doch letztlich egal ist, ob er nun deswegen zusammenbricht oder infolge seines halsbrecherischen Berufs. (Korrekterweise sollte ich hinzufügen, dass sein Beruf aber meistens nicht *seinen* Hals bricht, sondern die Hälse der Leute, die auf der vorletzten Seite seiner PowerPoint-Präsentationen regelmäßig aus der Firma fliegen. So hat er mir das jedenfalls mal erklärt. Dass nämlich die meisten Chefs viel zu feige sind, Menschen rauszuwerfen. Sie rufen dann meinen Vater und der schreibt ein paar Zahlen auf bunte Präsentationsfolien und dann sehen es alle ein. Ob man mit so was reich werden kann? Na – guck dich mal hier um.)

Jedenfalls wird er erst morgen Abend zurückkommen und dann die Tür zum Geräteschuppen wie gewohnt verschlossen vorfinden. Ihm fiele ohnehin im kühnsten Traum nicht ein, dass mich sein Spielzeug reizen könnte. Er hält mich nämlich nicht nur für gestört (was ich ja ohne Frage bin), sondern auch für restlos unbegabt, was Technik und – ach was, überhaupt alles Praktische betrifft. Ah, da ist eine winzige WiFi-Kamera mit noch winzigerem Mikro. In einer Kiste mit der Aufschrift *Überwachungstechnik*. Sie ist klein und rund und sieht ganz unschuldig aus. Mit einem Klebepad dürfte sie sich auf der Beamerlinse befestigen und hinterher leicht wieder entfernen lassen. Also hole ich Klebepads aus einem Küchenschrank und aus dem Garten (dort gibt es tatsächlich einen *Geräteschuppen*, zu dem die Bezeichnung ganz unironisch passen würde; doch wir nennen ihn lieber *Chalet*) eine große Leiter, die ich ins Haus und hinab ins Souterrain bugsiere. Ich steige die Sprossen hinauf. Meine Knie zittern plötzlich, und das liegt nicht an der Höhe. Meine Fingerspitzen sind eiskalt und fast ein wenig taub, während ich das Klebepad auf die Linse setze, die Rückseite der Minikamera dagegendrücke und sie einschalte. Keine Ahnung, wie lange der Akku hält, aber wenn ich sie nicht jetzt schon einschalte, habe ich später vermutlich keine Chance mehr dazu, es in Anwesenheit meiner vier Gäste unauffällig zu tun. Eine halbe Stunde bleibt mir, bis sie kommen. Ich steige von der Leiter hinab, atme durch und versuche, mit beiden Beinen fest auf dem Boden zu stehen. Plötzlich kann ich diese kleine Kuhle über dem Brustbein spüren. Etwas schnürt mir die Kehle zu und mein Puls hämmert dagegen. Ja, natürlich habe ich Angst vor meinem eigenen Plan. Und du fragst, warum ich den Raum jetzt auf den letzten Drücker präpariere und nicht alles schon längst von langer Hand vorbereitet habe? Vielleicht verstehst du, dass ich ahnte, ich könnte Skrupel bekommen. Deshalb setze ich mich unter Druck. Druck ist gut. Keine Zeit für Reflexion oder Zweifel. Wann immer ich anfange nachzudenken, lähmt mich das ganz entsetzlich.

Ich schüttle die Beine aus wie nach einem Sprint, dann flitze ich die Treppe hoch ins Erdgeschoss und weiter hoch bis in mein Zimmer, wo ich meinen Laptop aus dem Standby wecke. Der Text von letzter Nacht springt mir ins Gesicht.

Ein Parka im Wasser
ein Grab in der Tiefe
da liegt man nicht eng.
Macht Abi ihr einen, ihr anderen flieht!
Macht Karriere und Kinder, macht Wohlstand,
baut Zäune, ihr einen, ihr anderen
sterbt,
aber sterbt nicht so schnell, erst sollt ihr noch bluten,
wir zahlen doch gut,
wir Wohlstandserben,
und dann erst,
ihr andren,
geht sterben. |

Ja, richtig. Ich habe das geschrieben. Für Precious. Ich verfasse von Zeit zu Zeit Gedichte, wenn sich das Nachdenken nicht wegschieben lässt und die Lähmung übermächtig wird. Gedichte helfen, und du kannst sie gern lesen. Andere lesen sie ja auch, denn da draußen, weit jenseits von Schule und alledem, gibt es zweihundertneunzehn (Stand heute) Menschen, denen meine Gedichte gefallen – warum sollst du nicht vielleicht sogar dazugehören? Ich bin froh um jeden, der das liest, denn dann bin ich mit meinen Gedanken nicht mehr so einsam. Mir ist egal, ob du mich für verrückt hältst. Alle anderen tun es schließlich auch. Verrückt sein ist nicht so schlimm; aber wenn du mit deinem Verrücktsein ganz allein bist, das ist schlimm. Hast du auch manchmal diese Träume, in denen du rennst, ohne von der Stelle zu kommen? In denen du schreist und kein Laut dringt aus deiner Kehle?

Niemand glaubt mir, dass Constantin an Precious' Selbstmord schuld ist. Die meisten bezweifeln, dass sie überhaupt tot ist – und wenn doch, so sagen sie, könnte es doch ein Unfall gewesen sein. Erst recht glaubt niemand, dass es irgendeine Verbindung zu Constantin gibt. Ich könnte es ja erklären, wenn mir irgendjemand in Ruhe zuhören würde. Aber niemand tut das.

Ich klicke den Text weg und lege die Finger auf die Tasten. Von langer Hand vorbereitet? Meine Hände sind klein, die Finger zum Klavierspielen zu kurz, aber für diese Tasten genau richtig, und die Nägel sind im selben matten Schwarz lackiert. Sie fliegen über die Buchstaben aus Nullen und Einsen und rufen die Tutorials auf, die ich neulich schon aus dem Netz gefischt habe. Neben meinem Laptop steht ein hässlicher Wecker in Form eines grinsenden Schädels aus billigem Plastik – die mehr als unpassende, leider aber einzige Hinterlassenschaft von Precious. Nicht einmal den Zettel mit Precious' letzten Worten, den ich in ihrer Jacke gefunden hatte, durfte ich behalten. Er verrottet vermutlich in irgendeiner längst im Archiv verschwundenen Polizeiakte. Dabei ist mein Zimmer so voller verschrobener Dinge, dass dieser Totenkopf gar nicht weiter heraussticht. Auch die Ratte gehört irgendwie zum Inventar. Sie schaut mir von hinten zu. Ich sehe sie nicht, aber ich weiß, dass sie mich beobachtet. Manchmal überlege ich, ob ihr Käfig möglicherweise das eigentliche *Draußen* ist und der ganze Rest das eigentliche *Drinnen*. Ob *sie* es ist, die sich *mich* hält anstatt umgekehrt; dass sie Studien und Experimente an mir vornimmt, von denen ich nichts mitbekomme, weil Ratten ohnehin viel intelligenter als Menschen sind. Diese hier wohnt seit einigen Wochen bei mir. Ich habe sie quasi vor dem Tierversuchslabor gerettet und ihr hier ein Zuhause gegeben, aber aus irgendeinem Grund noch keinen Namen. Sie ist schlicht *die Ratte*.

In einem YouTube-Video erklärt mir ein blasses Männlein mit langem dünnem Haar, wie ich im Netzwerk nach der Kamera suchen muss. Da ist sie ja schon. Wow. Es funktioniert! Mein Bildschirm zeigt mir die beiden weißen Ledersessel vor der konischen Leinwand, was dem Hintergrund etwas Künstliches gibt, als wäre das ein richtiges Fernsehstudio. Nur das Personal fehlt noch: die rote Özge und die heilige Daria, Specki-Lenny und Rich Kid Constantin. Die Hauptperson. Er weiß es bloß noch nicht. Hoffentlich kommt er überhaupt. Wirkte zuletzt etwas abwesend. Vermutlich hat er sich gewohnt easy durchs Abi geschummelt und lümmelt sich in Gedanken längst in der Firma von Laurenz' Vater …

Constantin

Muss
aufstehen.
Ist Nachmittag.
Aber von welchem Tag?
Muss bei dem Scheißfilm
mitmachen.
Muss auch mal was
essen.
Muss Daria
anrufen!
Hab keinen Bock mehr auf Müssen.
Muss mit dem Müssen
aufhören.

Muriel

Ich öffne ein anderes Tutorial. Hier geht es darum, wie man das Livebild ins Internet streamt. Ich will es in meinen Blog einbinden, weil – Moment. Warum klingelt es jetzt? Ich ignoriere es. Doch davon hört es nicht auf. Entnervt klappe ich den Rechner zu, laufe die Treppe hinunter und zur Tür. Draußen steht – schwarze Shorts und 3XL-Motörhead-Shirt, abgewetzte Collegetasche, feistes Grinsen: Lennard »Specki-Lenny« Krüger.

»Tach auch.«

»Hallo, Lennard.«

»Ja, ähm, hi, Muriel.«

»Du bist zu früh.«

»Sorry, es ist doch«, er guckt aufs Handy, »fast fünf. Waren wir nicht für fünf verabredet?«

»Richtig. Aber nicht für *fast*.«

Seine Augen haschen nach mir, checken rasch, ob meine Brüste noch da sind. Sind sie. Seine auch.

»Ich kann ja in zehn Minuten noch mal klingen.« Er grinst.

»Komm halt rein.« Ich drehe ab, winke über die Schulter und zeige nach links. »Mach dir 'n Kaffee oder 'n Tee oder was immer du gerade brauchst.«

Er folgt mir brav, schließt die Tür, biegt ins Wohnzimmer ab, das in die offene Küche übergeht.

»Hammerbude!«, ruft er noch.

Ich laufe die Treppe hinunter in den Kinoraum, klappe die

Leiter zusammen und schleppe sie nach oben. Das Scheppern lockt Lenny an.

»Brauchst du Hilfe?«

»Danke, das geht schon.«

»Was hast du mit der Leiter vor?«

»Sie wegbringen.«

»Was *hattest* du mit der Leiter vor?«

Mann! Junge! Bist du die NSA?

»Ich habe ein paar Spinnweben entfernt.«

»Hier?« Er mustert die geleckten Böden, Wände, Decken und runzelt die Stirn.

Ich schiebe mich an ihm vorbei, trage die Leiter durchs Wohnzimmer und zur Terrassentür hinaus zum Gartenhäuschen, spüre, wie sein Blick an meinem Hintern saugt. Als ich zurückkomme, macht er sich am Kaffeeautomaten zu schaffen.

»Ich muss noch was erledigen«, sage ich. »Fühl dich wie zu Hause.«

Lennard

Kann man wohl 1 popligen schwarzen Kaffee aus diesem Gerät kriegen, ohne dass man dafür Kernphysik studiert haben muss? Ich drücke iwie so Knöpfe, der richtige ist ja vielleicht dabei. Kann ich wohl mal gelassen auf 1 Frauenhintern gucken, ohne gleich an was zu denken? Mein Körper ist auch so 1 Ding, wo man nie weiß, was als Nächstes passiert & warum, aber der hat leider überhaupt keine Knöpfe, um das iwie zu regeln.

Muriel

Ich nehme ein Leinenoberteil aus meinem Schrank und werfe es mir über. Die Tür bleibt einen Spaltbreit offen, damit ich hören kann, was er unten treibt. Der Kaffeeautomat mahlt und blubbert. Ich lasse das Tutorial weiterlaufen, versuche mich zu konzentrieren. So. Webcam in Website einbetten. Neben dem Laptop grinst mir der Plastikschädel verschwörerisch zu, als sei er in jedem Fall mit allem hier einverstanden. Unten im Flur höre ich Schritte.

»Muriel? Hallo!«

»Was?«

»Muriel?«

»Was, Mann!«

»Wo is'n das Klo?«

»Neben dem Eingang.«

Gibt es ein Haus auf der Welt, wo das Gästeklo nicht mehr oder minder neben der Haustür ist? Wohl das, wo Lenny wohnt. Ich habe mal aufgeschnappt, dass er mit seiner Mutter in einem traurigen Hochhausgetto lebt, vermutlich gibt es da gar kein Gästeklo. Gruselige Vorstellung, fremde Menschen ins eigene Bad zu lassen. Zum Glück hat unser Haus drei Bäder. So muss ich nicht mal meinen Alten in mein Bad lassen, bloß die Putzfrau. Brauche ich eine statische IP-Adresse? Unten hallen Schritte. Ich muss mich konzentrieren. Die Schritte entfernen sich. Geht er nach unten? Als ich das Tutorial wegklicke, erscheint Lenny leibhaftig auf meinem Bildschirm. In der einen Hand eine Kaffeetasse, die andere in die Hosentasche geschoben, schlendert er durch den Kinoraum und inspiziert die Kamera. Die *offizielle*. Kurz gruselt es mich vor mir selbst. Er lässt von der Kamera ab und seinen massigen Körper in den linken Sessel fallen, der unter seinem Gewicht ächzt und stöhnt. Der Ton ist ausgezeichnet. Lenny sieht mich an. Er sieht mich an! Blickt mir für einen kurzen Moment direkt in die Augen. Das heißt – betrachtet er lediglich den Beamer unter der Decke? Oder hat er bereits die *inoffizielle* Kamera entdeckt …?

Die Ratte schaut interessiert zu, wie ich den Laptop zuknalle und aufspringe, aus dem Zimmer stürme. Doch auf der Treppe nach unten verlangsame ich meine Schritte, nehme die letzten Stufen ganz gemächlich, unverdächtig. Im Kinoraum empfangen mich bloß zwei leere Sessel. Wo steckt Lenny? Hat er mich bereits durchschaut? Vom anderen Ende des Flures ertönt ein verstörendes Geheul. Es kommt aus dem Raum mit dem Air-Hockey-Tisch.

»Holy Mother of Whatthefuckness!«

Ich folge seiner Stimme und finde einen verliebten Irren vor, der zärtlich eine Metallplatte streichelt.

»Das ist so abgefahren«, säuselt er.

»Air-Hockey?«, frage ich.

»Das ganze Haus hier. Dieser Kinosaal da nebenan. Und das hier.« Er wirkt völlig arglos. »Total abgefahren.«

»Na, geht so.« Ich entspanne mich. Lenny hat die versteckte Kamera an der Beamerlinse nicht bemerkt. Das kann wohl als bestandene Generalprobe durchgehen. »Wenn man hier wohnt«, sage ich noch, um überhaupt etwas zu sagen, »findet man es mit der Zeit affig.«

»Du Ärmste«, witzelt er. »Du musst hier leben, in diesem schrecklichen Haus mit dem riesigen Garten und 'nem Gästeklo, was größer als mein Zimmer ist; und mit 'nem eigenen Kino und mit dieser fucking geilen Air-Hockey-Anlage. Schickes Hemd übrigens.«

»Mir war kalt.«

»Kalt?«

»Tja, draußen herrschen dreißig Grad und hier drin kriege ich die Klimaanlage nicht eingepegelt.«

Wieder runzelt er die Stirn, dann schlägt er vor: »Lass uns was zocken.«

»Ach … nö.«

»Komm schon«, bettelt er. »Nur bis die anderen auftauchen.«

»Na gut«, brumme ich. Zwar bin ich oben noch nicht fertig mit dem Stream, will Lenny aber hier unten auch nicht gern allein lassen. »Wir spielen bis sieben. Du hast keine Chance.«

»Egal«, meint er.

Ich schalte das Gerät ein und aus den vielen kleinen Löchern in der Umrandung des Tisches braust lärmende Luft. Ich schnippe den Puck zu ihm hinüber. »Fang an!«

Lenny schießt direkt, ich pariere über Bande, klong! (Tor für mich.)

»Zufall«, lacht er, holt den Puck aus der Versenkung und greift wieder an.

Plötzlich sieht er nett aus. Na, vielleicht nicht richtig nett, aber in gewisser Weise echter als sonst. Ich kenne ihn bloß als Klassenclown und Kumpeltyp. Was vermutlich zu den wenigen annehmbaren Rollenangeboten gehört, wenn man so fett ist wie er. Klong! (Tor für mich.) Klassenclown, Kumpeltyp und Spätentwickler. Als ich zu Beginn der Neunten auf diese Schule kam, lief er noch in Klamotten herum, die zweifellos seine Mutter morgens für ihn rausgelegt hatte. Irgendwann entdeckte er die Musik und trägt seitdem ausschließlich Metal-Shirts, egal zu welcher Jahreszeit. Klong! (Tor für mich.)

Einmal hat er mich doch tatsächlich gefragt, ob ich mit ihm zu einem Konzert gehen wolle; ich würde doch wohl auch auf Metal stehen. Das ist natürlich Unsinn. Ich orientiere mich stylemäßig am Gothic und höre viel Dark Wave. Das verhält sich zu Metal wie Picasso zu Malen nach Zahlen. Klong! (Tor für mich.) Ich glaube, er stand auf mich. Na, nicht richtig auf *mich*. Ich vermute, er suchte einfach irgendwen und rechnete sich bei mir Chancen aus. Weil wir etwas *Gemeinsames* hätten. Und weil ich eben nicht in einer von den ganzen Cliquen klebe. Ziemlich falsch gedacht.

Klong!

»Ha, Tor«, freut er sich. »Eins zu vier. Jetzt hol ich auf.«

»War kurz abgelenkt«, brumme ich und bringe den Puck wieder ins Spiel. Klong! (Tor für mich.)

Die Menschen meiner Jahrgangsstufe kommen mir oft wie Spielfiguren vor oder wie Figuren aus einer Fernsehserie. Und jetzt ist einer tatsächlich hier in meinem Haus, den ich unter anderen Umständen kaum reingelassen hätte, so wenig wie die übrigen drei. Klong! (Tor für mich.)

Mit *Umstände* meine ich besagten Abifilm. Das muss ich kurz erklären. Also: Dem Jahrgang gehören rund achtzig Leute an und jeder, wirklich jeder *musste* mindestens eine Aufgabe in einem der vielen unnötigen Ausschüsse übernehmen: Jahrbuch-Komitee. Abistreich-Komitee. Party-Komitee … Film-Komitee. Manche Jahrgänge drehen mit viel Aufwand ein richtiges Opus; wir aber wollten uns darauf beschränken, einfach aus all den Filmen etwas zusammenzuschneiden, die es ohnehin schon gibt – ein Best-of aus Tausenden Handyvideos, ein filmisches Destillat aus (in den meisten Fällen) acht gemeinsamen Schuljahren. Ich selbst kam wie gesagt erst in der neunten Klasse auf diese Schule – einer von vielen Gründen, warum ich keine Lust verspürte, in irgendeinem dieser Ausschüsse mitzuwirken. Lenny hat sich gleich für das Filmteam gemeldet. Jeder könne ihm einfach seine besten Videos schicken, schlug er vor, er würde dann eine Vorauswahl treffen. Aber irgendjemand warf ein, dass es doch schön wäre, wenn es eine Moderation gäbe. Die Takes dazu müssten dann allerdings noch eigens aufgezeichnet werden. Und da hatte ich plötzlich eine Vision. Die Vision von diesem Keller hier und von der Kamera meines Vaters und dem großen weiten Internet da draußen. Eine Vision, wie Constantin hier vor mir sitzt. Wie wir über die Studienreise an die Ostsee sprechen. Und über Precious, die plötzlich nicht mehr da war. Wie ich Constantin aus der Reserve locke, die Sache zuspitze und eine Eskalation provoziere, bis es irgendwie aus ihm herausbricht. Vielleicht, weil er sich verplappert. Oder weil er mit seiner Lüge nicht mehr länger leben will, was weiß ich. In Fernsehfilmen klappt so was auch. Warum also nicht in *meinem* Film? Das Schwierigste wäre doch bloß, ihn überhaupt ins Filmteam und damit in meinen Keller zu bekommen. Und während sich all das vor meinem inneren Auge formte, war die Diskussion um mich herum fortgeschritten und jemand hatte Özge Ergün als Moderatorin vorgeschlagen. Als Schulsprecherin war sie gewissermaßen qualifiziert. Doch ein paar andere waren dagegen, weil ihnen die rote Özge zu schnippisch und sowieso viel zu links ist. Da kam dann der Vorschlag auf, eine Doppelmoderation einzusetzen, mit Constantin als Özges männlichem Gegenpart. Ja, kann durchaus sein, dass ich diejenige war, die das Gespräch in diese Richtung gelenkt hat. Aber wer will bei derart unsortierten Diskussionen hinterher noch wissen, wer wann was vorgeschlagen hat? Constantin ist der geborene Moderator, immer so gewinnend und vor allem kameraaffin (man könnte natürlich auch »affig« sagen). Es leuchtete allen ein. Und so kommt es, dass er nachher als eine Hälfte unseres reizenden Moderatorenpärchens in einem der gut ausgeleuchteten Kinoledersessel meines Vaters Platz nehmen wird. Dass ausgerechnet Özge die andere Hälfte ist, war Zufall, kommt mir aber sehr entgegen. Denn wenn ich nicht ganz danebenliege, hat auch sie einen Anteil an Precious' Tod. Soweit stand nun also fest, dass Özge und Constantin die verschiedenen Schnipsel unseres Abifilms ansagen und kommentieren würden. Allerdings nicht einfach so. Vielmehr wird es da eigens ein Skript geben, das Daria verfasst hat. Eine völlig unsinnige Idee, die möglicherweise ebenfalls von mir stammt. Unverständlicherweise hatte niemand einen Einwand. Daria ist eine passionierte Fleißkärtchensammlerin und insofern für unsinnige Aufgaben prädestiniert. Außerdem ist sie ausgerechnet seit jener Studienfahrt an die Ostsee Constantins Freundin. Also hat sie in der Zwischenzeit brav ein paar Moderationstexte verfasst, und zwar auf Basis eines Gesamtkonzepts aus den Wurstfingerhänden von Lennard Krüger, der ja die »Vorauswahl« treffen wollte. Für meinen Plan spielt Lenny keine Rolle; ich habe einfach bloß sein Projekt gekapert. Und hoffe, dass er mir nicht in die Quere kommt. Wie auch immer – nachdem all das so wunderbar eingefädelt war, meldete ich mich ganz spontan ebenfalls zum Filmteam und bot mich als Kamerafrau und unser Haus als Studio an. Nicht einmal das kam irgendjemandem komisch vor. Hauptsache, der Punkt war abgehakt. Und nun steigt in einer Woche der große Abiball. Bis dahin soll der Film fertig sein.

Doch ich bin mir sicher: Für *diesen* Film wird sich, wenn alles nach meinem Plan läuft, nächste Woche längst niemand mehr interessieren.

Klong!

»Yippie-a-ey«, jubelt er. »Zwei zu sechs. Jetzt komm ich!«

Özge

Die meisten Leute halten Muriel für total gestört. Ich auch. Und jetzt, wo ich vor diesem Haus stehe, kommt es mir ganz plausibel vor. Es ist ein Riesenklotz aus Beton, Stahl und Glas. Alle drei Materialien reflektieren auf verschiedene Art das gleißende, für einen Juninachmittag viel zu heiße Sonnenlicht und blenden mich. Das Haus sieht wie ein verdammter Bunker aus. Garantiert sind überall Überwachungskameras installiert. Hier müssen einfach Verrückte wohnen. Ich trete an die Tür heran, hinein in einen schmalen Schatten, überraschend kühl. Das Haus lässt mich schaudern. Ich drücke die Klingeltaste.

Muriel

»Was ist?«, frage ich. Lenny hat innegehalten, steht da mit dem Puck in der Hand. »Sechs zu zwei, mir fehlt noch einer.«

»Es hat geklingelt«, sagt er. »Oder?«

Ich schalte den Tisch aus. Das hohe Brausen erstirbt, Stille fällt von der Decke und dann das Dideldudel von der Tür. Ich gehe hoch, um zu öffnen.

Lenny ruft hinter mir her: »Später spielen wir aber weiter, okay? Ich bestehe darauf.«

Die rote Özge. Grün-grünes Seidenkleid, sicher selbst gebatikt.

»Hi Muriel, sorry, bin verdammt spät dran.«

Halb sechs. Eher so pünktlich, für meinen Geschmack.

»Komm rein. Die andern sind noch nicht da. Also Lennard schon, die andern noch nicht. Wir machen das unten.« Ich zeige zur Treppe. »Kaffee, Tee, so was?«

»Tee wär super. Hast du Roibusch?«

»Jep.«

Mein Finger zeigt noch immer zur Treppe, sie nimmt das als Aufforderung. Ich setze Teewasser auf. In unserer Dreißigtausend-Euro-Küche gibt es zwar einen eigenen Hahn, aus dem jederzeit kochendes Wasser kommt. Mit dem Kessel gewinne ich aber zwei, drei Minuten Zeit und flitze schnell nach oben in mein Zimmer. Auf meinem Laptop-Bildschirm hat Lenny es sich wieder in einem der Sessel bequem gemacht. Gerade steht er auf, tritt halb aus dem Bild heraus und begrüßt offenbar Özge mit lässiger Handbewegung. »Na?«

»Na, Lennard.«

Small-Talk-Versuch:

Er: »Und? Wie is Mündlich bei dir gelaufen?«

Sie: »Zwölf Punkte. Hatte ich nicht mit gerechnet.«

»Chemie, ne?«

»Bio.«

»Schwer?«

»Ging.«

»Hm.«

Der Ton ist wirklich super. Auch aus dem Off. Zurück zum Tutorial. Aber schon pfeift mich der Wasserkessel wieder nach unten. Noch immer bin ich nicht dazu gekommen, die Show online zu stellen. Jetzt bloß nicht ins Nachdenken kommen. Für den Stream bleibt noch genug Zeit, erst einmal muss alles vorbereitet sein.

Als ich kurz darauf mit dem Tee in der Hand den Kinoraum betrete, zittern meine Finger schon nicht mehr. Niemand sieht mir an, wie aufgeregt ich bin. Lenny und Özge sind mit dem Abfragen ihrer Prüfungsergebnisse fertig und denken vielleicht, es sei meine Aufgabe als Gastgeberin, ein neues Gespräch in Gang zu bringen. Aber ich kann das Schweigen gut aushalten. In diesem Haus wird ohnehin überwiegend geschwiegen.

Ich reiche Özge den Tee, sie nippt an der Tasse. Lenny kratzt sich hinter dem Ohr, dann bückt er sich nach seiner Collegetasche und zieht geschäftig sein Tablet hervor.

»Ich könnte euch ja schon mal einen groben Überblick geben«, vermeldet er.

Ich zucke mit den Achseln, Özge setzt sich in einen der Sessel und ein höflich interessiertes Gesicht auf.

»Also, ich hab eine Vorauswahl getroffen.« Lenny setzt sich ebenfalls und faltet auf dem Schoß die Abdeckung seines Tablets auf. »Natürlich hab ich unfassbar viel Zeugs gekriegt von den ganzen Leuten. Wenn man alle Videos hintereinander gucken müsste, würde das locker drei Tage und Nächte dauern. Aber das meiste ist eh Schrott.« Sein Tablet fährt hoch und er selbst fort: »Der Film hat fünf Teile. Als Erstes *13 Jahre high – Alte Bilder lügen nicht*. Da sind ein paar witzige Filmchen bei, so vom Wandertag in der fünften Klasse oder wie wir in der Achten mit dem Becker in München waren. Als Zweites die Lehrer-Interviews, die ich mit Juan gemacht habe. Zeig ich euch gleich mal, die sind sehr geil geworden. Wir haben das so *heute-show*-mäßig als Verarsche gemacht, und zum Beispiel die Strösser-Waldhaus hat überhaupt nichts gepeilt, da bepisst ihr euch vor Lachen.«

»Aha«, macht Özge.

»Ähm … ja. Danach kommt als Drittes der Abistreich.

Hyungsung hat das gefilmt und Juan hat dazu aus dem Off was eingesprochen, so in dem Stil von einer Kriegsreportage; auch fucking geil, zum Wegschmeißen. Zum Schluss …«

»Ist das alles auf diesem Verarsche-Level?«, unterbricht ihn Özge und zieht dabei die Augenbrauen hoch.

»Nee, natürlich nicht. Ist ja auch nur eine Vorauswahl, wie gesagt, wir können es nachher gemeinsam sichten. Als Viertes hätten wir dann einen Zusammenschnitt der besten Filme von der Studienfahrt nach … wie hieß das Kaff an der Ostsee noch mal?«

»Rerik«, sage ich und habe ein Gefühl in der Kehle, als bestehe das Wort aus reiner Salzsäure, so sehr brennt mein Hals jedes Mal, wenn ich den Namen dieser kleinen Stadt ausspreche. Aber nicht, weil das im Vergleich zu den Jahrgängen vor uns so ein derart unattraktives Ziel war. Auch Özge hat plötzlich Bitterkeit im Blick. Sicher denkt auch sie gerade an Precious. Hätte sie sich nicht wie immer eingemischt, würde Precious vielleicht noch leben. Natürlich wollte Özge nur das Beste, das würde ich ihr sogar abnehmen, aber ich weiß natürlich überhaupt nicht, was sie zu alldem denkt. Wir haben nie darüber gesprochen. Niemand spricht je mit irgendjemandem darüber, scheint mir. Als läge eine kollektive Schuld auf uns allen. (Natürlich gab es damals nach der Fahrt ein paar Gesprächsrunden in der Schule, von erfahrenen Psychologen geleitet, wo wir »Raum für unsere Gefühle« hatten. Ich glaube, das war für die meisten eine Art Absolution. Nach dem Motto: Es ist alles dazu gesagt, also Haken dahinter.)

Die Stille dauert eine Spur zu lang, sogar Lenny merkt,

dass da plötzlich etwas Unaussprechliches im Raum steht. Er senkt den Blick und murmelt: »Schon klar, das ist nicht witzig, was da passiert ist. Wegen Precious und so. All das.«

Weder Özge noch ich sagen etwas. Aber Schweigen ist nicht Lennys Sache. Also spricht er weiter: »Ich hatte auch schon überlegt, dass wir dazu noch was machen müssen. So was wie ein Nachruf oder … also …« Er schaut abwechselnd zu mir und Özge und wartet, dass wir ihm entgegenkommen. Ich lasse ihn zappeln. Nicht, dass ich was gegen ihn habe, aber ich will es ihm nicht so einfach machen. Keinem von uns. Doch Özge erbarmt sich.

»Da fällt uns bestimmt was ein«, sagt sie.

Lenny schenkt ihr ein dankbares Lächeln, wischt über sein Tablet und fühlt sich gleich wieder sicher. Abgehakt.

»Zum Schluss«, sagt er, »kommen dann noch die Statements: *Wo sehe ich mich in zwanzig Jahren?* Fast alle haben mir dazu was geschickt, bis auf …« Er klickt in seinem Verzeichnis herum. »… bis auf Nele Richter und Tobi Kraus. Tobi hat ja eh das Abi verkackt; da schätze ich mal, er will mit dem ganzen Scheiß nichts mehr zu tun haben. Ich zeig euch mal ein paar von den Statements. Hab sie alphabetisch geordnet.«

Er dreht sein Gerät so, dass Özge und ich die verwackelten Bilder auch sehen können.

Hi, ich bin Alessio Rossi. Also … in zwanzig Jahren wohne ich in einem schönen Landhaus mit meiner schönen Frau und mindestens drei Kindern. Ich will auf jeden Fall was mit Medien machen und viel reisen. Wir sehen uns auf Instagram, Leute!

Hey, ihr alten TMGler, ich bin Alexander Westerhorst und ich vermiss euch jetzt schon. In zwanzig Jahren hab ich 'ne fette Karre, und wer 'ne Runde mitfahren will, kann sich ja schon mal melden. Nee, jetzt ohne Scheiß: Ich will irgendwas mit Menschen machen, kann mir gut Personalbereich vorstellen, also erst mal BWL, dann weitersehen. Und klar, Familie is sicher auch irgendwann Thema. Haut rein, Leute!

Huhu, Alina Hammermann. Wie mein Leben in zwanzig Jahren aussieht – puh, schwierig. Ich hab ja jetzt schon den Ausbildungsplatz bei der Bank fest und das ziehe ich erst mal durch. Danach studiere ich vielleicht. Ich würde gern ein paar Jahre ins Ausland. Na ja, der Rest ergibt sich. Ich grüße den Mathekurs und überhaupt alle vom ganzen Jahrgang. Hab euch lieb, passt auf euch auf!

Ein paar Leute haben sich von anderen filmen lassen; die meisten dieser kurzen Filmschnipsel sind anscheinend Selfies – aufgenommen am Schreibtisch mit der Laptop-Kamera oder mit dem eigenen Smartphone vor dem Lieblingsfilmplakat / mit dem Hund / vor der Tür zum Oberstufenraum / auf dem Bett / vor dem Kleiderschrank im Spiegel.

Wie selbstverständlich es uns vorkommt, dass wir eine Zukunft haben! Dass wir über Optionen verfügen, zwischen denen wir wählen können. Dass wir in einem halbwegs funktionierenden Land aufwachsen, das uns zur Schule gehen lässt und später vielleicht zur Uni; ein Land, in dem wir unsere Meinung sagen und das wir jederzeit verlassen können, um ins Ausland zu reisen. Wie selbstverständlich kommt es uns vor, dass in zwanzig Jahren noch immer Menschen auf diesem Planeten leben und wir vielleicht sogar selbst neue beisteuern? Babys, Kinder, Jugendliche, die heranwachsen wie wir, wie ich, wie du – die auch eine Zukunft haben?

Annika Busch, merkt euch den Namen! In zwanzig Jahren hab ich dreimal Olympiagold und ihr könnt euren Kindern sagen, dass ihr mit mir auf der Schule wart. Also, das wär mein absoluter Traum und ich finde, man soll an seine Träume glauben. Ciao, alle!

Hi Leute, hier ist eure Betül Yilmaz. Ich studiere ab Herbst Kommunikationsdesign auf Bachelor. Dann vielleicht einen Master ... Gibt leider nicht viele Plätze. Jedenfalls will ich was mit Medien machen. Wichtig ist mir, dass ich engen Kontakt zu meiner Familie halte. Und später mal eigene Kinder, das wär schon schön. Wir sehen uns!

»Ich warte darauf, dass endlich jemand sagt, dass er *nichts* mit Medien machen will«, brumme ich und es klingt vielleicht eine Spur zu abfällig.

»Ich hatte schon überlegt, ein Bullshit-Bingo aufzustellen«, grinst Lenny. »Was mit Medien, was mit BWL, viele Kinder, große Autos bla, bla.«

Er zwinkert mir zu, aber ich ziehe es vor, das zu übersehen.

Stattdessen frage ich: »Was hätte Precious wohl gesagt? Wie mag sie sich ihre Zukunft vorgestellt haben?«

Sofort herrscht wieder Anspannung im Raum. Als hätte ich den Finger an einem unsichtbaren Kippschalter, mit dem ich die Stimmung hier unten im Keller nach Belieben hin und her switchen kann.

»Gibt es bei den Filmen aus Rerik eigentlich welche, auf denen sie zu sehen ist?«, setze ich nach. »Precious?«

»Hm, kann sein«, murmelt Lenny und schaut betreten auf sein Tablet. Özge weicht meinem Blick aus. Das ist ein guter Anfang. Und niemand schaut zur Decke, wo die zweite Kamera an der Beamerlinse klebt.

Özge

Paradox. Als Precious noch unter uns war, schien sie manchmal fast unsichtbar. Doch seit ihrem Verschwinden ist sie allgegenwärtig. Wie ein dunkles Familiengeheimnis. So ein verdammtes Tabu, über das man nicht redet und das trotzdem allen präsent ist. Versteht ihr, was ich meine? Ich sage bewusst *seit ihrem Verschwinden* und nicht *seit ihrem Tod*. Muriel glaubt zwar felsenfest daran, dass Precious nicht mehr lebt. Und der Zettel in ihrer Jackentasche deutet sogar darauf hin. Die Polizei hat diese These auch sehr gern aufgenommen, denn so war es doch für alle am einfachsten. Aber die Küstenwache hat irgendwann aufgegeben, nach ihrer Leiche zu suchen. Offiziell gilt sie weiterhin als vermisst.

Der Tag, an dem sie verschwand – da hatten wir einen freien Nachmittag und Abend. Ich war die ganze Zeit über nicht in der Jugendherberge und kam auch an dem Morgen danach zu spät zum Frühstück und habe Muriels Ausraster nicht mitgekriegt. Sie soll Constantin mit wüsten Beschimpfungen überhäuft haben, er habe Precious *gekauft* und dadurch in den Tod getrieben. Niemand ist darauf eingegangen, denn sie gilt ja schon immer irgendwie als gestört, also Muriel. Der Polizei soll sie etwas von einer kryptischen WhatsApp-Nachricht gesagt haben, die Precious am Vorabend von Constantin bekommen habe, konnte aber deren Bedeutung auch nicht richtig erklären. Die Beamten hätten das noch nicht mal ernsthaft zu Protokoll genommen, meinte sie danach.

Ich weiß nicht, was ich davon halten soll. Muriel hat seitdem dazu geschwiegen. Jedenfalls habe ich nicht mitbekommen, dass sie je wieder etwas über diese Nacht gesagt hat. Ich weiß bloß eines – sollte sie mit ihrem unerhörten Vorwurf recht haben; sollte Constantin tatsächlich etwas damit zu tun haben und sollte es dabei um Geld gegangen sein, dann trifft mich möglicherweise eine Mitschuld. Aber – ich schwöre! – ohne dass ich das gewollt habe. Ich hab ja überhaupt nichts davon gewusst.

Oh … Shit!

Ist das nicht ein Satz, den wir aus dem Geschichtsunterricht kennen? Von den Deutschen nach dem Zweiten Weltkrieg, nach der Nazizeit? Dieser verdammte Satz, dass niemand etwas gewusst haben wollte?

Lennard

So auszuklinken wie Muriel damals, das is natürlich gar keine Lösung. Von der sagen ja inzwischen alle, dass sie voll spinnt. Ich denk das manchmal auch. Am Anfang hab ich sie echt total gemocht & ich kümmer mich normalerweise kein bisschen drum, was andere sagen. Aber seit der Sache mit Precious ist Muriel immer extremer geworden. Als wir vorhin Air-Hockey gezockt haben, ist sie voll abwesend gewesen, als hätt ich gegen 1 Roboter gespielt. Auch jetzt ist sie iwie gar nicht richtig hier mit Özge & mir im Kinokeller. Dauernd guckt die so komisch den Beamer an, als würd die erwarten, dass da gleich 1 Film losgeht, der alle unsere Fragen beantwortet. Was mit Precious wirklich war, zum Beispiel. Gibt's ja leider nicht in echt, so 1 Film. Leider? Ja, manchmal denk ich, ich sollte vlt. auch mal was zu dem Thema sagen. Wenigstens zu Muriel könnte ich was sagen, denk ich manchmal, so ganz verschwiegen unter 4 Augen. Aber die ganze Sache ist einfach so scheiße kompliziert & verwickelt & deshalb sag ich lieber nix dazu …

Komische Linse übrigens, die der Beamer da hat. Sieht voll spacig aus. Muss Muriel mal fragen, was für 1 Teil das eigentlich ist, aber lieber nicht jetzt, das würd wohl nicht passen, glaub ich.

»Okay«, sag ich irgendwann, weil von den beiden sagt immer noch keine was. »Ich zeig euch die Filme aus Rerik. Dann gucken wir mal, was von ihr drauf ist. Also von Precious.«

Daria

Er meldet sich einfach nicht.

Aber nein, du schickst ihm nicht noch eine Nachricht! Du hast doch gewusst, worauf du dich einlässt, wenn du mit Constantin Rüdenscheid zusammenkommst. Du hast es dir wie eine Prüfung auferlegt.

Na komm, Daria, gib ihm noch eine Viertelstunde.

Constantin

Warum
ausgerechnet
Muriel.
Könnten diese fucking unnötigen Filmaufnahmen doch
überall machen.
An jedem anderen Ort.
Mit jeder anderen Kamera.
Oder Kamerafrau.
Muriel.
Total hysterisch.
Will mich niemals wieder
von irgendwem
so blöd

anmachen lassen
wie von der,
als wär ich schuld,
an irgendwas.
Hab ich nämlich
echt nicht
nötig.
Und geht
zur Hölle
keinen was an,
was damals war
mit
Precious.

Muriel

Ich mag keine Kinderfilme. Kennst du solche, die damit beginnen, dass der Schulklasse ein neues Mädchen vorgestellt wird? Das Mädchen ist natürlich ganz schüchtern und setzt sich brav auf den einzigen freien Platz neben ein anderes Mädchen, eine Außenseiterin oder Rebellin oder so. Natürlich mögen sich die beiden am Anfang überhaupt nicht, werden aber im Laufe der Geschichte best friends forever ... Zum Kotzen.

Als ich vor rund vier Jahren neu in die Stadt und an die Schule kam, gab es da keinen freien Platz. Alle Tische waren besetzt und man musste einen zusätzlichen hereintragen. Den hatte ich dann ein Jahr lang für mich allein. Und das war gut so, denn ich verspürte kein Verlangen nach irgendwelchen neuen Freunden. Bis eines Tages wie aus dem Nichts Precious auftauchte. Mit ihr hätte ich mich anfreunden mögen. Doch da waren wir schon lange in der Oberstufe und alle Sitzordnungen hatten sich im Gewirr der Kurse aufgelöst. Und Precious schien keinerlei Bedarf an Freundschaft zu haben. Sie war nicht hergekommen, um hier heimisch zu werden. Heute ist mir das klar. Sie hätte vielleicht nie wieder irgendwo heimisch werden können.

In ihrer Heimat Nigeria tobt die Mörderbande Boko Haram. Diese Leute hassen alles, was nicht männlich, bärtig und turboreligiös ist – am meisten Frauen und Bücher, vor allem: Frauen *mit* Büchern. Mädchen wie Precious, die Shakespeare liebte und zur Theater-AG ihrer Schule ging, die Fußball spielte und von der WM träumte. Bis diese Männer eines Tages im Morgengrauen ihr Elternhaus stürmten, die Männer töteten, die Frauen entführten, um sie später zu töten, und nur sie selbst zurückließen, weil sie sie bereits für tot hielten.

Wie mag es sein, wenn du zwischen den Leichen deiner Brüder liegst und dich tot stellst, um zu überleben? Wenn du auf dem Weg durch die Wüste den eigenen Urin trinken musst, um am Leben zu bleiben? Oder in Libyen das Sperma der Soldaten?

Als Precious eines Morgens, wenige Wochen nach Beginn unseres vorletzten Schuljahres, vor dem Sekretariat stand, sah ich kein Sperma, kein Blut, keine Tränen – nur ein Mädchen mit wachem Blick. Fremd und schön, absolut unnahbar und unerhört verletzlich. Irgendwer hatte erzählt, sie sei in einer der Flüchtlingsklassen auf der Hauptschule gewesen, aber wegen ihrer sehr guten Deutschkenntnisse sollte sie zu uns in die Oberstufe wechseln. Dort gab es zwar, wie gesagt, schon lange keine Sitzordnungen mehr, aber wie der Zufall es wollte, war im Deutschkurs noch der Platz neben mir frei.

Precious hielt Schule für eine todernste Angelegenheit. Sie saß meist schon lang vor Beginn des Unterrichts an ihrem Platz, schaute gesammelt nach vorn und am Ende der Stunde, wenn alle anderen aufsprangen und laut redend den Raum verließen, blieb sie immer eine Weile sitzen, als müsse sie das Gehörte verdauen. Anfangs versuchte ich hin und wieder, ein Gespräch mit ihr anzufangen. Aber sie entzog sich jedes Mal höflich unverbindlich. Irgendwann tat ich es ihr einfach gleich, blieb neben ihr sitzen und schwieg mit ihr, bis niemand mehr im Raum war. Es wäre eine gute Gelegenheit gewesen, sie anzusprechen. Doch noch bevor ich die richtigen Worte für den Einstieg finden konnte, tauchten schon die ersten Leute aus dem nächsten Kurs auf: Constantin und sein kantiger bester Freund Laurenz, das Musterbild eines Geld-Prolls.

»Hä, falscher Raum?«, machte Constantin. »Hier ist doch jetzt Wirtschaft, oder nicht?«

»Also *wir* sind hier richtig«, betonte Laurenz und er klang, als meinte er nicht diesen Ort, sondern das ganze Land.

Er warf seine Tasche auf einen Tisch, fläzte sich auf den Stuhl und beglotzte Precious. Dann sagte er laut zu Constantin, der sich neben ihm niedergelassen hatte: »Wir sollten unsere neue schwarze Perle nicht stören. Wahrscheinlich ist sie gerade dabei, Muriel kulturell zu bereichern. Oder? Muriel?«

Als Antwort hielt ich meinen rechten Mittelfinger hoch.

»Kapier ich nicht, Mann«, brummte Constantin.

»Na, in den Mainstream-Medien heißt es doch immer, dass die Flüchtlinge unsere Kultur bereichern würden.« Laurenz grinste blöd. »Wobei, wenn ich mir die Steuererklärung von meinem Vater ansehe, kann ich da keine Bereicherung erkennen, nur das Gegenteil davon.«

»Vielleicht hättest du dann besser nicht Wirtschaft wählen sollen«, sagte ich, »wenn du keine komplexen Zusammenhänge schnallst.«

Ich griff nach meiner Tasche und stand auf.

»Komm, Precious«, sagte ich.

Das klang, als sei ich für sie zuständig. In diesem Augenblick fühlte es sich jedenfalls so an.

»Manche Leute«, sagte ich zu ihr, »haben einen erschütternd kleinen Horizont.«

»Ja, ja«, rief Laurenz hinter uns her, »jetzt geht woanders weiter bereichern.«

Draußen auf dem Gang sah Precious mich zum ersten Mal richtig an.

»Habe ich etwas falsch gemacht?«, fragte sie.

»O Gott, nein, natürlich nicht. Das sind einfach dumme Wichser.«

Wir gingen ein paar Schritte, dann blieb sie stehen.

»Horizont – was meint das?«, fragte sie. »Eine Landschaft kann einen Horizont haben oder der Ozean. Aber Menschen doch nicht.«

»Ich meine die Landschaft ihrer Gedanken«, erklärte ich.

»Manche Menschen können innerlich nicht weiter sehen als bis zu ihrer eigenen Nasenspitze.«

Unwillkürlich führte Precious einen Zeigefinger an die Nase und runzelte die Stirn.

»Das ist nicht sehr weit.«

»Nein.«

»Ist das eine Redensart bei euch?«

Ich nickte.

»Ich lese viel«, sagte sie und es klang beinahe entschuldigend, »aber manche Wörter meinen etwas anderes, wenn man sie sagt, als wenn man sie liest.«

»Ich mag es, wie du sprichst«, widersprach ich und Precious runzelte schon wieder die Stirn, diesmal wie verärgert.

Ich biss mir auf die Zunge. *Sie sprechen aber gut Deutsch.* Ich weiß, das ist ein sehr bescheuerter Satz. Aber das war gar nicht das, worauf ich hinauswollte.

»Manchmal sagst du so wundervolle alte Worte«, schob ich nach. »Und das gefällt mir. Man hört eben, dass du dich für Bücher interessierst. Was liest du?«

»Zu Hause habe ich Shakespeare gelesen«, sagte sie und schaute auf den Boden. »Hier suche ich deutsche Übersetzungen von Shakespeare aus dem Internet und lese sie. Damit kann ich gut die Sprache lernen.«

»Das erklärt einiges«, meinte ich leichthin. »Aber vielleicht wäre es ja ab und zu gut, sich mit Leuten zu unterhalten, statt zu lesen?«

Zum Beispiel mit mir, fügte ich in Gedanken hinzu.

Wenn sie verstand, was ich meinte, dann überspielte sie es. Ohne auf mich einzugehen, sagte sie: »Letzte Nacht habe ich das neue Buch gelesen.«

Sie meinte den Roman *Sansibar oder der letzte Grund*. Unsere nächste Unterrichtslektüre.

»Das wichtigste Buch meines Lebens.« Plötzlich wirkte sie ganz anders. Offener, zugewandter. »Dort wird beschrieben, wie man nach Schweden kommt.«

»Du willst nach Schweden?«

»Ja, irgendwann muss ich dorthin. Meine Tante lebt dort.«

»Ach, das wusste ich nicht.«

Enttäuschte mich das? Es fühlte sich so an.

»Aber du musst nicht heimlich bei Nacht über die Ostsee fahren, wie die Leute in dem Buch es tun«, sagte ich. »Das Buch spielt zur Zeit der Naziherrschaft. Die Figuren in dem Roman waren gezwungen zu fliehen und …«

Ich biss mir auf die Zunge. Manchmal reichte mein Horizont nicht weiter als bis zu den Wimpern.

»Ich weiß«, nickte sie und senkte den Blick, als müsse es ihr peinlich sein. »*Du* kannst den Zug nehmen bei Tag und nach Dänemark fahren. Ich habe es im Atlas angesehen. *Du* kannst auf die Fähre gehen bei Tag und von Dänemark nach Schweden hinüberfahren. Refugees können das nicht.«

Ich senkte ebenfalls den Blick. In dem Europa, in dem wir aufgewachsen sind, konntest du einst überall hinfahren, einfach so. Doch inzwischen gibt es überall wieder Passkontrollen wie zu der Zeit, als unsere Eltern Kinder waren. Und Precious, als geduldetes Flüchtlingsmädchen, durfte ohne Genehmigung nicht einmal die Stadt verlassen. Ich schämte mich plötzlich und wollte unbedingt etwas Aufmunterndes sagen. Doch ich spürte schon, dass es Unsinn war, noch bevor ich es aussprach. Trotzdem sagte ich: »Wer weiß, wenn du erst mal Abitur hast, dann …«

»Bevor ich Abitur habe, werde ich volljährig«, erwiderte sie. »Dann werden sie mich abschieben. Vielleicht auch nicht, aber das weiß ich eben nicht.«

»Was ... das kann nicht sein.« Ich war ernsthaft entsetzt.

»Doch«, sagte sie bloß. »Ich habe einen Antrag gestellt, aber sie haben ihn abgelehnt. Ich habe kein Asyl. Sie nennen es Duldung.«

Schweigend standen wir im Gang, während sich um uns herum eine Tür nach der anderen schloss, weil überall der Unterricht weiterging.

»Musst du nicht zu deinem nächsten Kurs?«, fragte Precious.

»Egal«, sagte ich, »dann komme ich eben zu spät. Und du?«

»Ich glaube, es heißt Freistunde.«

»Na, dann – hast du Lust auf einen Kaffee in der Mensa?«

»Ich wollte in die Bibliothek.«

»Auch gut«, nickte ich bloß und wandte mich zum Gehen.

Ich sah ihr an, dass sie keine Lust auf Gesellschaft hatte. Aber sie sprach es nicht aus, sie sagte gar nichts mehr, trottete bloß hinter mir her zur Bibliothek, wo wir uns an einem großen Tisch niederließen. Wir waren allein, und von der hohen Stuckdecke dieses ältesten Gebäudeteils der Schule hing wie stets eine feierliche Stille herab. Precious atmete hörbar ein und aus, als würde sie die staubige Bücherluft regelrecht inhalieren. Dann zog sie einen Collegeblock und ein paar Bücher aus ihrer Tasche und vertiefte sich darin.

Boko Haram bedeutet sinngemäß: *Westliche Bildung ist Sünde.* Eine andere mögliche Übersetzung, hatte ich gelesen, lautet schlicht: *Bücher verboten.* Vielleicht war das der Grund, warum sie sich ständig mit Büchern umgab: Um den

Mördern ihrer Familie damit den steilen Mittelfinger zu zeigen. Ich hätte gern gewusst, wie es tatsächlich in ihrem Innern aussah. Ich hätte gern einmal von ihr gehört, wie sehr sie ihre Eltern und Geschwister vermisste. Wie unfassbar schrecklich es sein musste, als einziges Mitglied seiner Familie noch am Leben zu sein. In meiner alten Schule hatten wir mal eine steinalte Frau zu Gast gehabt, eine Zeitzeugin des Holocaust. Auch sie hatte als Einzige ihrer Familie die Vernichtung der europäischen Juden überlebt, sie war als Kind in einem Todeslager der Nazis gewesen und nur aus Zufall nicht ermordet worden. Ich vermochte damals nicht zu verstehen, warum sie deswegen ein schlechtes Gewissen empfand. Ich dachte, die kleine alte Frau würde vielleicht einfach ein bisschen spinnen. Doch nach der Sache mit meiner Mutter habe ich in Hunderten Therapiestunden gelernt, dass die Seele des Menschen eben ihrer ganz eigenen Logik folgt. Deshalb habe ich immerhin eine leichte Ahnung, warum Precious weiterziehen musste. Es ging nicht nur darum, dass unser Land nicht in der Lage war, ihr eine faire Chance zu bieten. Es ging für sie auch darum, einfach nicht stehen zu bleiben. Sondern nur immer weiterzulaufen. Denn wenn du irgendwo ankommst, wenn du zur Ruhe kommst, hast du Zeit zum Denken. Zum Erinnern. Dann erheben sich aus der Finsternis deines Inneren die namenlosen Dämonen, um dich so in Stücke zu reißen, wie die Terroristen es mit der Familie von Precious getan haben.

Obendrein gesellen sich zu den Dämonen der Nacht noch die Arschgeigen des helllichten Tages mit ihrer braunbrockigen Sprachkotze: »Ich bin kein Rassist, aber …«; »Man wird ja wohl noch sagen dürfen …«.

Ich blätterte lustlos in meinem Matheordner, dann räusperte ich mich und stupste Precious an. Sie schrak hoch, als hätte sie meine Anwesenheit zwischenzeitlich komplett vergessen.

»Ich wollte bloß sagen«, begann ich, »also – ich möchte einfach, dass du es dir nicht zu Herzen nimmst, was Laurenz oder Constantin über dich sagen. Leute wie er sind absolut hohl, rettungslos dumm, es hat keinen Sinn, mit ihnen zu diskutieren oder dergleichen. Du weißt schon – von wegen Horizont und so. Du kannst sie nur ignorieren.«

Doch Precious schaute mich beinahe tadelnd an und sagte: »Du sollest nicht so schlecht von deinen Freunden reden. Sie können sich doch nicht aussuchen, wie groß ihr Horizont ist.«

»Oh doch, das können sie«, entgegnete ich. »Und außerdem sind das nicht meine Freunde.«

Auf ihren fragenden Blick sagte ich: »Man nennt das vielleicht so – classmates, Schulfreunde, aber es sind im eigentlichen Sinn keine Freunde von mir. Ich suche mir meine Freunde selbst aus. Möchtest du vielleicht, dass wir beide befreundet sind, du und ich?«

Etwas veränderte sich in ihrem Gesicht, das ich nicht gleich verstand. Ihre Augen schnellten nach rechts und links, als suche sie den günstigsten Fluchtweg. Erst als ich später einmal über den Moment nachdachte, fiel es mir ein – dass es vielleicht ein typischer Reflex ist, wenn du auf der Flucht bist. In diesem Fall kam Precious offenbar zu der Erkenntnis, dass es keinen Ausweg gab, keine Möglichkeit, mir zu entkommen. Also tat sie mit mir, was sie vermutlich bisher immer getan hatte, wenn sie in eine ausweglose Situation gekommen war: Sie bot mir einen Deal an. Der Deal war eine Geschichte. In der Hoffnung, so schien es mir, dass ich dann doch endlich zufrieden sein müsse und sie in Ruhe lassen würde.

»Ich *hatte* eine Freundin«, begann sie, ohne den Kugelschreiber fortzulegen, den sie die ganze Zeit in der Hand hielt. »Ich traf sie in Agadez. Agadez ist die letzte Station vor der Sahara. Dort sammeln sich viele Refugees, um eine Gelegenheit zur Fahrt durch die Wüste zu finden. Ihr Name war Simret, sie kam aus Eritrea, sie war so alt wie ich. Wir teilten uns ein Zelt und handelten gemeinsam mit den Männern den … nun, den Preis dafür aus, dass sie uns mitnahmen nach Norden.« Precious versenkte sich in ihren Collegeblock und fing an, die Linien des Karopapiers mit dem Kugelschreiber nachzufahren, aber ohne erkennbares Muster. Es war ein durchgehender Strich, der auf rätselhafte Weise aufstieg und abbog, mal nach rechts, mal nach links und mal im Kreis wanderte ohne irgendein Ziel. »Als wir aufbrachen, waren wir über siebzig Refugees. Die Männer hatten zwei Pick-ups für uns. Mit Gewehren scheuchten sie uns hinauf, sie riefen immer, dass wir schnell machen müssen. In dem Durcheinander wurden wir getrennt, Simret und ich, wir mussten auf verschiedene Laster steigen.« Sie umfasste ihren Kuli fester und die Mine drückte tief ins Papier. »Wir fuhren sehr schnell, bei Tag und Nacht, denn die Männer sagten, dass die Gegend nicht sicher ist. Es gibt dort Leute, sagten sie, die Refugees jagen. Die solche Trecks überfallen, um die Refugees zu fangen und zu verkaufen. Als Sklaven für die Uran-Minen. Oder als …« Precious drückte den Kuli so fest, dass ihr Fingernagel ganz weiß wurde. »Ich habe den

Männern nicht geglaubt, ich dachte, das ist nur ein Vorwand, damit sie nicht anhalten und uns etwas zu essen geben brauchen. Doch dann geschah es wirklich. Wir wurden beschossen. Der Laster, auf dem ich war, kam durch. Der andere nicht; ich weiß nicht wieso, er kippte um. Wir alle fingen laut an zu schreien. Fast jeder von uns kannte jemanden auf dem anderen Pick-up, wir wollten, dass die Männer anhielten und umdrehten. Aber das taten sie nicht. Sie drohten uns mit ihren Gewehren. Und gleichzeitig sagten sie, sie würden später, wenn wir am Ziel wären, wieder umkehren und sich um die anderen kümmern. ›We care for them‹, haben sie wieder und wieder gesagt, ›we care for them‹. Und irgendwann war es so heiß und der Hunger und der Durst waren so stark, dass wir ihnen glaubten. Weil wir ihnen glauben *wollten* und nicht anders konnten.« Plötzlich brach die Linie auf dem Karopapier ab. Precious legte den Stift aus der Hand, hob den Kopf und starrte durch die Bücherregale hindurch. »Simret war meine Freundin. Ich bete jeden Abend für sie. Ich bete dafür, dass sie sofort tot war.«

2

Lennard

Ich lass grad den Film laufen, den Nina Friedrichs von der Führung durch irgend so 1 Fischereimuseum gemacht hat. Die 2 Ladys gucken zu: Muriel iwie abwesend & Özge mehr so voll genervt. Ich frag mich: Wenn die kein Bock auf das hier hat, warum macht die überhaupt mit? Vielleicht, weil es das Einzige ist, was sie kann. Reden, mein ich. Schlaue Reden halten. Meistens *dagegen*. *Anti*rassismus, *Anti*sexismus, *Anti*kapitalismus et ceterismus. Die kann sich richtig in Rage reden. In ihren Augen funkelt dann so was. Wahnsinn oder Leidenschaft oder vielleicht ist das dasselbe. Sie spaltet die ganzen Leute in 3 Gruppen, sag ich mal. Die einen bewundern, wie toll sie sich engagiert, die andern kriegen immer einen Riesenhals. Die dritte Gruppe bin ich, weil ich find ihre Stimme total irre. Die ist ganz tief & hüllt einen iwie so ein. Ich sag mal so: Wenn ganz dunkles Zartbitterschokoladeneis reden könnte, dann würd das so klingen wie sie. Ich könnt ihr ewig zuhören bei ihren Reden. Aber so richtig macht die mich nicht an, dafür ist die zu hübsch & zu populär. Also wenn ich im Internet Pornos gucke, geh ich eher so nach *ugly sluts*, die ganzen rasierten Hochglanzmösen lassen mich kalt, ich mag eher was nicht so Mainstreammäßiges. Muriel zum Beispiel. Nee, nicht dass die *ugly* ist, aber halt auch nicht Mainstream. Die hat die Haare ganz kurz und pechschwarz und ganz helle Haut und schminkt sich so gothicmäßig, aber das ist bei ihr nicht nur Style, sondern die ist in echt traurig, glaub ich. So richtig weiß das ja keiner. Als die neu in der Stadt war & auf dem TMG, damals Anfang der Neunten, da hat die erzählt, sie & ihr Vater wären in 1 Zeugenschutzprogramm & hätten hier neue Identitäten angenommen. Hat natürlich keiner geglaubt, aber den echten Grund kennt auch niemand. Also warum die umgezogen sind & was mit ihrer Mutter ist. Manche sagen, die hat sich umgebracht. Aber richtig wissen tut das keiner. Ich glaub, das hat auch nie 1 von uns gefragt. Würd ich mich auch nicht trauen.

Als hätt sie meine Gedanken gelesen & das wär ihr unangenehm, sagt sie in dem Moment: »Ich muss noch mal kurz nach oben, was fertig machen. Entschuldigt mich.«

Was immer das ist, was die *fertig machen* muss, scheint total wichtig zu sein. Eben, als ich angekommen bin, hatte ich auch schon das Gefühl, dass ich sie bei irgendwas voll stören würde. Ich würd ja gern mal ihr Zimmer sehen.

Özge nimmt sich, jetzt wo Muriel nicht mehr mit draufguckt, mein Tablet auf den Schoß & zappt sich durch noch mehr Filmschnipsel von der Studienfahrt: 'ne Wanderung, 'ne Kutterfahrt, Kati, wie sie 1 Referat hält. War ja schließlich 'ne Studienfahrt. Dazwischen immer wieder so kurze Szenen aus der Jugendherberge oder vom Strand, da sehen wir Enes & Oktay mit ihren nackten Fitnessoberkörpern bei 1 epischen Rap-Battle; die heiße Nessa imitiert 1 heißen Poledance am Gestell von ihrem Hochbett; Laura, Sara & Lena posen mit 3 Pullen Alcopops, die sie reingeschmuggelt haben; so der übliche Klassenfahrtscheiß. Ich muss dringend noch die Teile rausschneiden, wo ich mit dem blauen Auge zu sehen bin. Nicht nur, weil's scheiße aussieht. Sondern vor allem wegen der Erinnerung. An den Schlag. Vor allem den Grund dafür.

Manchmal taucht Precious auf. Immer nur kurz & im Hintergrund. Vielleicht kann man mal 1 Standbild machen & sie groß ranzoomen oder was in der Art.

»Schon krass, was Muriel damals behauptet hat«, sagt Özge irgendwann. »Dass Precious sich wegen Constantin umgebracht haben soll.«

»Traust du dem das zu?«, frag ich.

Ich will das eigentlich gar nicht wissen. Warum frag ich sie das?

»Weiß nicht«, murmelt sie, »das Einzige, was ich …« Da beißt sie sich auf die Lippen, als hätte sie was voll Unmoralisches gesagt. »Ach, keine Ahnung. Das klang schon verdammt abgedreht, oder? Ich meine – sie hat sich aufgeführt wie eine Verrückte. Als wäre sie gar nicht mehr zurechnungsfähig. Ich weiß echt bis heute nicht, was ich davon halten soll.«

»Nee, ich ja auch nicht«, sag ich. »Ich dachte nur. Weil du Conni ja näher kennst.«

Mann, ich will doch gar nicht drüber reden! Aber iwie auch doch. Bescheuert, oder? Kann ich nicht 1fach mal die Klappe halten?

Muriel

Ich sitze an meinem Schreibtisch und verfolge das Gespräch der beiden auf dem Bildschirm meines Laptops. Zwischendurch klicke ich zu meinem Tutorial. Wieder zieht sich meine Kehle zu und bei der Vorstellung, dass mit ein paar Mausklicks alles online wäre, was Özge und Lenny sprechen, kehrt sofort das Hämmern im Hals zurück.

»Nee, oder?«, fragt Özge. »Du meinst, weil ich letztes Jahr an dem Abend nach der Stufenparty ein bisschen mit ihm geknutscht habe? Das war Monate vor der Studienfahrt. Und Monate, bevor er mit Daria zusammengekommen ist. Außerdem stehe ich absolut nicht auf ihn, ich dachte, das weiß jeder. Also – ich kenne ihn auch nicht näher als jeder verdammte andere.«

»Kann man denn mit einem rummachen, auf den man nicht wenigstens 'n klitzekleines bisschen steht?«, bohrt Lenny nach.

»Kann man. Und frau auch. Er ist ein attraktiver Typ, okay? Er sieht verdammt gut aus, er hat sehr schöne Augen und total gepflegte Hände. Wo steht denn geschrieben, dass ich keine neoliberalen Arschlöcher küssen darf, wenn sie gut küssen können?«

Okay, es ist widerlich. *Ich* bin widerlich. Da sitzen zwei ahnungslose Menschen in meinem Keller, die sich über persönliche Dinge unterhalten, und ich bin drauf und dran, sie vor aller Welt zu entblößen.

»Küssen ist doch das Intimste, was es gibt«, sagt Lenny.

Wobei ich stark bezweifle, dass er da überhaupt aus Erfahrung spricht. »Man kann vielleicht mit jemandem schlafen, in den man nicht ernsthaft verliebt ist. Aber küssen?«

»Ach, Lennard.« Sie lacht ihn an. Wie einen Kindergartenjungen, der später mal Astronaut werden will.

Ich drehe mich um. Die Ratte verfolgt das Gespräch zwischen Lenny und Özge mit ihren aufmerksamen schwarzen Glanzaugen, als verstehe sie jedes Wort. Ich klicke das Tutorial auf und lasse den Ton aus dem Keller im Hintergrund weiterlaufen.

»Und jetzt, liebe Community«, erklärt mir die Nerdstimme, »gehen wir einfach im Webcam-Fenster oben im Menü auf *Tools* und dann hier auf *HTML-Quelltext generieren*. So – da geht dann das Fenster vom Quelltext-Assistenten auf.«

Im Hintergrund sagt Özge: »Mich kotzt total an, wie sich manche Leute das Maul über mich zerrissen haben, weil ich mit Constantin rumgemacht habe. Weil das nämlich umgekehrt bei ihm nicht so war. Dabei weiß ich genau, wie die in seiner Clique über mich reden. Von wegen Öko-Hexe, Gutmenschen-Tusse, bla, bla. Aber tun so, als wäre ich eine Trophäe für ihn.«

Hast du in deinem Leben jemals etwas getan, das nach jeder Moral und Vernunft falsch ist – von dem du aber überzeugt bist, dass es trotzdem absolut richtig ist? Ich komme nicht umhin, vom Tutorial und dem Quelltext-Assistenten weg und wieder zum Stream aus dem Keller zu klicken. Özge schaut richtig zornig und sagt: »Ich bin eine moderne Feministin, ich habe nichts gegen Typen oder gegen Sex, ich will auch meinen Spaß. Aber wenn dir irgendeiner ungefragt an den Arsch packt, während du dir gerade die Schuhe zubindest, hört der Spaß auf. Oder wenn Typen in WhatsApp-Gruppen so Umfragen machen: *Özges Titten – hot ore not?* Oder wenn du in der Mensa sitzt und irgendein Arschwichser sitzt dir gegenüber und hält schnell mal sein Handy unter den Tisch, um dir unter den Rock zu fotografieren? Nach der Sache mit Constantin haben mir irgendwelche Kerle anonym Fotos von ihren erigierten Schwänzen geschickt.«

»Nee, oder?«, macht Lenny.

»Doch. Ist ja witzig, ist ja nur ein Spaß, haha, *Dick Pics*, voll lustig.«

Lenny blickt einen Moment lang betroffen drein. Schockiert es ihn, wie bescheuert manche seiner Geschlechtsgenossen sind? Oder bedauert er bloß, dass so etwas nicht umgekehrt geschieht?

»Was macht man dagegen?«, fragt er schließlich. »Kann man so was nicht melden oder so?«

Özge winkt ab.

»Ich kenne kein einziges Mädchen, das sich offiziell wegen so was beschwert. Keine von uns will als spießig dastehen. Oder zickig. Oder hysterisch.« Sie seufzt. »Ich auch nicht. Da bin ich komplett desillusioniert. Am Ende bist du ja doch die Schlampe und der Kerl ist für die anderen der Held.«

»Beknacktes Heldentum«, murmelt Lenny. »Voll erbärmlich, also so im Umkehrschluss gedacht.«

»Wie meinst du das?«

»Na, ich mein – bei Männern geht man anscheinend voll davon aus, dass sie den ganzen Tag nichts anderes im Kopf haben, als Frauen zu beglotzen und zu begrapschen. Als wär das rein biologisch normal. Also eigentlich sind dann ja die Männer die Schlampen.«

Özge antwortet nicht darauf, lächelt nur. Ich klicke die beiden weg und kopiere den Quelltext des Livestreams ins Backend meines Blogs. Jetzt fehlt bloß noch eine Überschrift.

WARUM STARB PRECIOUS MAMZA WIRKLICH?, schreibe ich in fetten Lettern und darunter: *Sei live dabei, wenn die Wahrheit ans Licht kommt.*

Lennard

Vielleicht hab ich was Dämliches gesagt, keine Ahnung, ich weiß auch nicht, wo manchmal so Gedanken herkommen. Jedenfalls sagt Özge nix mehr. Aber nach 1 Weile sagt sie doch was, und zwar: »Nur mal angenommen – rein hypothetisch – wenn Muriel tatsächlich recht hätte; wenn Constantin wirklich was getan hätte, weswegen sich Precious umgebracht hat … ich frage mich die ganze Zeit: was.«

»Wie – was?«

»Na, was muss man oder frau Schreckliches tun, damit sich jemand anders deswegen das Leben nimmt?«

Ich … mir fällt nix dazu ein … bzw. viel zu viel.

Ich …

Ich halt jetzt 1mal wirklich die Klappe.

»Andererseits«, sagt sie dann, »denke ich an das, was diese Psychologen danach gesagt haben. Dass Precious vermutlich schwer traumatisiert war vom Tod ihrer Familie und von der Flucht. Dass es gar nicht unbedingt was mit uns zu tun haben muss, dass sie verschwunden ist. Und dass sie sich – wenn überhaupt – deshalb umgebracht hat.« Sie guckt an die Decke. »Es tut so weh, dass wir es einfach nicht wissen. Und das bisschen, *was* wir wissen, passt ja kaum zusammen. Wenn sich jemand umbringen will, packt er doch vorher nicht seine Sachen. Ihre Klamotten waren ja alle fort, hieß es. Andererseits war da ihre Jacke im Wasser. Sie könnte sich ein Boot besorgt haben und auf dem Meer umgekommen sein. Doch dazu passt nicht dieser Zettel mit dem Shakespeare-Zitat: *Der Rest ist Schweigen.* Oder sie hat ihre Jacke extra zurückgelassen, damit alle *denken,* sie wäre tot. Damit niemand nach ihr sucht. Aber, hey – das haben wir doch alles schon hundertmal durchgekaut. Wir müssen auf Dauer damit klarkommen, dass wir es nie erfahren werden.«

Jetzt guckt sie so traurig, dass ich am allerliebsten doch noch was sagen würd, aber genau in dem Moment klingelt es. Ich gucke hoch, zur offenen Tür vom Kinoraum.

»Könnt ihr kurz aufmachen, bitte?«, hören wir Muriel entfernt von oben rufen.

Özges Blick geht ins Nichts, als hätte sie gar nichts gehört. Also wuchte ich mich aus meinem Sessel hoch, die Stufen rauf & öffne die Tür. Da draußen steht eine Püppchengestalt, legt das Köpfchen schräg & winkt mir mit der Hand spastimäßig zu, ohne den Ellbogen zu bewegen, der 1 Handtäschchen an den Körper drückt.

»Hi, Daria«, sag ich.

»Hallöchen, Lennard«, flötet sie. »Bist du der Butler?«

»Nee, der Axtmörder. Komm rein, du bist die Nächste.«

»Ha, wie lustig.«

Keine Ahnung, ob sie das echt witzig findet oder ironisch meint, die hat eh immer dasselbe Lächeln drauf. Immer freundlich zu allen Mitmenschen. Ich hab sie noch nie richtig lachen sehen oder wütend oder traurig oder irgendwas. Ich schließ die Tür hinter ihr & komm mir kurz ganz mondän vor, als wär das hier mein Haus.

»Bist du allein?«, frag ich sie.

»Sieht man doch.«

»Ich mein ja nur – wo ist denn Conni?«

»Constantin hasst es, wenn man ihn Conni nennt«, belehrt sie mich und macht so 'n nachsichtiges Lächeln. »Er kommt bestimmt jeden Augenblick.«

»Tja.« Ich guck mich um. Keine Spur von Muriel. »Also, die haben hier so 'n atomgetriebenen Hochleistungsautomat, der sicher ganz alleine die Weltformel ausrechnen kann. Kaffee macht er auch. Willst du einen?«

»Oh, das ist aber nett von dir. Gibt's Latte? Da hätte ich Lust drauf.«

Ja, Mann, klar ist das voll flach & peinlich & null witzig, dass Daria Lust auf 1 Latte hat, aber ich kann gegen das fette Grinsen in meinem Gesicht nichts machen. Die dreht mir sowieso den Rücken zu.

Muriel

Die Ratte mustert mich prüfend. Özges letzte Sätze sind schon online gewesen. Niemand außer mir hat sie gehört, denn in diesem Augenblick ist niemand auf meiner Seite. (Oh, ein Wortspiel.) Es ist gleich achtzehn Uhr. An einem Freitagabend ist auf den Blogs wenig los. Aber später, während die einen auf Partys gehen, sitzen die anderen zu Hause und surfen im Web. Und noch später werden noch mehr Leute auf den Blogs unterwegs sein, wenn die einen von den Partys zurückkommen und die anderen einfach noch nicht ins Bett wollen, weil sie da draußen im Web nach etwas suchen, von dem sie keine Ahnung haben, was es ist oder ob es überhaupt existiert. Sie werden früher oder später hier hängen bleiben und einem seltenen Schauspiel beiwohnen. Einer richtigen Hinrichtung.

Dazu müsste der Verurteilte allerdings endlich auftauchen. Daria ist wohl ohne ihn angekommen, wie es sich anhört. Ich klappe den Laptop zu und gehe nach unten, schiebe die Gedanken weg und schlucke meine Gewissensbisse herunter, bis das Halshämmern verschwindet.

Die Küche erstrahlt von Darias goldenem Prinzessinnenhaar. Es fällt bis auf den kleinen Hintern, der in einem knallbunten Rüschenröckchen steckt. Ihre makellosen Beine enden in Riemchensandalen. Der Gott, an den sie so dringend glauben möchte, hat sie nicht, wie den schäbigen Rest von uns, aus Lehm erschaffen, sondern aus feinstem Porzellan modelliert, und man wartet unwillkürlich auf den Augenblick, an dem sie einmal stolpert, hinfällt und in tausend Scherben zerspringt. Sie steht vor dem Kaffeeautomaten und schaut Lenny zu, der anscheinend den perfekten stellvertretenden Gastgeber mimt und dabei grenzdebil vor sich hin grient. Daria hört meine Schritte und wendet sich zu mir um, fängt meinen Blick auf und weicht ihm sofort wieder aus. Natürlich. Und grüßt stattdessen mit einer unbeholfen, ausweichenden Geste.

Lennard

Na endlich, Muriel taucht auf. Die beiden tauschen 1 komischen Blick & Daria wiederholt ihr spastimäßiges Winken. Kann mir aber auch egal sein. Ich servier der Heiligen Jungfrau die gewünschte Latte & wir begeben uns wieder in die Katakomben hinunter. Özge steht sogar auf, als sie Daria sieht, beide tauschen Wangenküsschen. Darias Handtäschchen ist doch nicht unter ihrem Arm angewachsen, sie lässt es von der Schulter gleiten & öffnet es.

»Wolltest du nicht mit Constantin kommen?«, fragt Özge. Ich muss schon wieder so 'n Grinsen unterdrücken.

»Der kommt schon noch«, antwortet Daria & lächelt. Das sieht voll unecht aus, denn ihre Worte klingen eher genervt & passen nicht zu dem Gesichtsausdruck. Als würde einer sie falsch synchronisieren. »Ich bin ja nicht sein Babysitter, wir lassen uns gegenseitig unsere Freiheiten.« Sie zieht 1 paar gefaltete Blätter aus dem Täschchen & legt sie auf den Glastisch. »Hier sind die Texte.« Sie guckt mich an, lächelt. »Ich hoffe, die Überleitungen passen einigermaßen zu deiner Vorauswahl, Lennard.«

Özge hat sich nach den Zetteln gestreckt, faltet sie auseinander & überfliegt sie, wobei sich ihr Gesicht zu 1 stummen Schrei wie bei dieser Scream-Maske verkrampft.

»Also das … kann ich unmöglich sagen, das ist mir zu …«

»Sieh es einfach nur als Anregung«, lächelt Daria.

Ich geh um Özges Sessel herum & gucke ihr über die Schulter. Die hat recht.

»Wir können ja schon mal eine Sprechprobe machen«, schlag ich vor. »Für die Kamera und so.«

»Gute Idee«, meint Muriel, postiert sich hinter der Kamera & schaltet sie ein.

»Warte«, ruft Özge & hält sich die bedruckten Blätter vors Gesicht.

»Sag einfach irgendwas«, entgegnet Muriel.

»Nee.« Özge legt die Blätter weg, steht auf, Muriel macht die Kamera wieder aus. »Ich muss mich wenigstens mit Constantin absprechen.« Zu Daria: »Wann kommt er denn eigentlich? Hat er was gesagt?«

»Nein, aber du kannst ihn ruhig anrufen.« Lächeln. »Du hast doch seine Nummer?«

»Warum rufst *du* ihn nicht an?«

»Er geht nicht dran.«

»Aha.«

Schweigen.

»Ist doch voll entspannt«, sag ich. Alle gucken mich an. »Also mal nicht erreichbar zu sein, meine ich. Die Zeit jetzt nach dem Abi ist doch die letzte Gelegenheit, wo man noch mal richtig chillen kann. Also bis wir in Rente gehen.«

»Wir gehen nicht in Rente«, winkt Özge ab. »Bis wir alt sind, hat der Kapitalismus den Sozialstaat endgültig eliminiert.«

»Wir müssen eben privat vorsorgen«, sagt Daria.

»Ha«, macht Özge. »Hast du das von Constantin?«

»Da bin ich selbst draufgekommen. Wenn ich mit der Uni fertig bin und ins Referendariat gehe – ich werde nämlich auf Lehramt studieren, Deutsch und Reli, wisst ihr? –, also dann wird mein erster Bausparvertrag ausgezahlt und ich richte mir eine schöne Wohnung ein.«

»Cool, ich komm zur Einweihungsparty«, sag ich. Findet leider keiner witzig.

»Apropos.« Özge zeigt auf die Hausbar. »Bietest du uns was an, Muriel?«

»Fühlt euch wie zu Hause«, meint sie.

»Dann halt nicht«, sag ich. »Zu Hause krieg ich nämlich nie was angeboten.« Lacht wieder keiner.

Özge begutachtet den Whisky.

»Was machst *du* denn eigentlich nach dem Abi?«, frag ich sie.

»Anfang Juli fliege ich nach Bolivien«, sagt sie & entscheidet sich für 1 leicht verstaubte Flasche. »Ich werde ein Jahr lang in einem Projekt für Straßenkinder arbeiten. Wenn ich wieder zurück bin, mach ich was in Richtung Soziologie. Vielleicht.« Sie gießt sich 2 Fingerbreit ein. »Vielleicht komme ich bis dahin aber auch auf ganz andere Ideen. Cheers.«

»Und du? Muriel?«

»Hast du mein Statement für den Film nicht bekommen?«, fragt sie zurück. »Ich hatte dir so ein schönes Selfie geschickt.«

»Ich hab's nicht auswendig gelernt.«

»Ich mache eine Schreinerlehre«, sagt sie.

»Bitte?«, macht Özge.

»Genau. Und wenn ich ausgelernt habe, baue ich mir ein Boot. Damit fahre ich um die Welt.«

»In deinem Statement hattest du aber was anderes gesagt«, sag ich. »An die Schreinersache würd ich mich erinnern.«

»Hab mich halt umentschieden.« Sie nimmt die Flasche & gießt sich ebenfalls ein. »Für euch auch?«

Ich nicke, Daria flötet: »Huch, schon am frühen Abend harte Sachen trinken? Na gut, ich will keine Spießerin sein. Ich nehme einen winzigen Schluck, aber nur, wenn du Cola dazu hast, bitte.«

Özge verzieht wieder das Gesicht, Muriel sagt: »Oben, in der Küche, im Kühlschrank«, & reicht mir ein Glas. Daria läuft nach oben. Ihr Arsch mag hübsch sein. Aber Mainstream.

»Das hast du dir grad bloß ausgedacht«, sag ich zu Muriel. »Oder?«

»Willst du den Ausbildungsvertrag sehen?«, fragt sie zurück.

»Also vom feministischen Standpunkt aus gesehen, ist das eine tolle Idee«, lobt Özge.

»Ist *das* jetzt ›moderner Feminismus‹, oder was?«, fragt Muriel.

Özge stutzt & dann fällt's mir auch auf. Hat Muriel etwa vorhin unser Gespräch belauscht? Aber wie? Sie ist doch oben in der ersten Etage gewesen, in ihrem Zimmer oder was weiß ich …

Da klingelt es. So kann mich keiner fragen, was *ich* denn nach dem Abi mache. Was ganz gut ist, denn ich hab einfach noch keinen Schimmer.

Daria

Ich stelle die Colaflasche ab und gehe zur Tür. Muriel überlässt es anscheinend gern ihren Gästen, sich gegenseitig zu öffnen. Con fliegt auf mich zu. (Mir behagt dieser Spitzname nicht allzu sehr, aber er möchte halt gern, dass ich ihn so nenne.)

»Hi, Süße, was geht? Alles klar? Sind die andern schon da? Du bist doch nicht böse, dass ich mich ein bisschen verspätet habe?«

Seine Zunge fährt über meinen Mund, mein Kinn, meinen Hals. (Das erinnert mich manchmal ein bisschen an Pünktchen, das ist unser Dalmatiner.) Sein Muscle-Shirt klebt an ihm und die nackte Haut seiner starken Arme glüht. Vielleicht war er joggen und hat die Zeit vergessen. Er lässt von mir ab, läuft durch den großen Flur, macht kehrt und schaut mich an, seine Pupillen zucken hin und her.

»Wo sind wir? Wo sind die anderen? Wo geht's lang? Was muss ich sagen?«

»Hey, beruhig dich mal, mein Schatz«, sage ich sanft, gehe

auf ihn zu, nehme seine Hand. Auch sie fühlt sich heiß an. Ob er wohl Fieber hat? Gerade bei der Hitze, wenn man Sport macht, geschwitzt hat und einen kühlen Zug abbekommt, kann man sich leicht einen Infekt holen. »Hier geht es runter«, sage ich und führe ihn an der Hand zur Treppe.

Gott, Daria, du bist nicht seine Mutter!

Er verliert kein Wort darüber, warum er zu spät kommt. Warum er mich nicht wie besprochen abgeholt hat, nicht ans Telefon gegangen ist, meine Nachrichten nicht liest. Oder was er stattdessen gemacht hat. Ich frage nicht. Ich frage nie. Mir ist lieber, er schweigt, als dass er mich womöglich anlügt. Lügen wäre das Schlimmste.

Lennard

Meine Fresse, sieht der Typ fertig aus! Voll fertig & gleichzeitig voll hibbelig, so hyperaktiv, wie der reingetänzelt kommt. Will nicht wissen, was er sich eingeworfen hat. Leider muss ich direkt auf seine Hände gucken & dann auf meine eigenen, angenagten Finger. Man würd ja so 1 Typen mit so gepflegten Fingern iwie gar nicht zutrauen, dass er … egal.

»Korrekt, Leute!« Er setzt voll das Filmstarlächeln auf. »Ihr seid schon beim Whisky. Dann kann das ja 'n guter Abend werden.«

Muriel kneift die Augen zusammen & scannt ihn, als würde sie jeden Zentimeter von seiner Haut vermessen. Vielleicht findet sie ja auch gepflegte Typen gut. So gut, dass sie ihm die Haut Zentimeter für Zentimeter abziehen will & sich später vors Bett legt wie das Fell von 'nem erlegten Tiger. So guckt die jedenfalls. Aber Conni schnallt nix. Der nimmt sich ungefragt 1 Glas & schenkt sich ein, fläzt sich gespreizt in 1 der Sessel & lässt die Beine über die Lehne baumeln. Er nippt an seinem Glas, zieht das Smartphone aus der Hosentasche, guckt, tippt, steckt es weg, springt wieder auf & rennt wie bescheuert durch den Raum, bis Özge ihn stoppt, indem sie ihm den Papierstapel mit Darias Skript vor die Brust knallt.

»Hier«, sagt sie. »Lesen, verstehen, aufsagen. Kriegst du das hin?«

»Wir kommen klar«, meint er. Sein Blick flattert über das Papier.

»Oder«, sagt Özge, »du lässt das mit dem Verstehen einfach weg. Lesen und Aufsagen reicht völlig.« Sie tippt mit ihrem Fingernagel auf das Blatt. »Ich schlage vor, wir streichen den oberen Teil und steigen hier unten an dieser Stelle ein.«

»Warum denn?«, will Daria wissen.

»Weil diese Begrüßung sich so anhört, als wäre das eine Liveshow vor Publikum. Das ist ein bisschen dick aufgetragen für meinen Geschmack. Außerdem möchte ich nicht als ›bezaubernde Co-Moderatorin‹ vorgestellt werden.«

»War ja nur ein Vorschlag«, flötet Daria.

»Wir kommen klar«, wiederholt Conni & hat schon wieder das Smartphone zwischen seinen gepflegten Fingern.

Constantin

Mann, Nessa schon wieder …
Okay.
Könnte ihr doch einfach schreiben, dass es vorbei ist.
Dass ich es mit Daria inzwischen ernst meine.
Dass Nessa mich in Ruhe lassen soll.
Bring ich aber nicht.
Würd keiner, der jemals mit Nessa im Bett gewesen ist.
Sie ist so dermaßen …
der Hammer.
Besser als jede Droge.
Und macht noch schneller abhängig.
Weg mit dem Handy.
Gucke Muriel an.
Bohrender, feindseliger Blick aus ihren Augen.
Kann ich aber gut mit umgehen. Lächle cool zurück. Weiß, dass ich damit Leute in den Wahnsinn treiben kann.
Aber sie nicht.
Nicht Muriel.
Bohrt einfach nur weiter.

Muriel

»Setzt euch«, sagt Lenny zu Özge und Constantin. »In die Sessel. Vor die Kamera.«

Will er jetzt hier das Kommando übernehmen? Tatsächlich gehorchen die beiden aufs Wort und nehmen Platz.

Özge blickt Constantin schräg an und brummt: »Kannst du dieses Manspreading unterlassen?«

»Hä?«

»Das ist ein Sessel und kein Affenfelsen. Du musst hier nicht so breitbeinig einen auf Orang-Utan-Chef machen.«

»Also ich habe noch nie gesehen, dass ein Orang Utan …«, sagt Daria, überlegt und bricht ab.

Constantin rollt die Augen, setzt sich aber aufrecht hin und nimmt das Blatt mit seinem Text.

Ich gehe hinter der Kamera in Position. Daria stellt sich mit ihrem Manuskript in der Hand etwas abseits, als müsse sie jederzeit bereit sein, einem der beiden zu soufflieren. (Hauptsächlich wohl ihrem Freund.)

»Ihr seid drauf«, sage ich.

Constantin steckt sein Phone weg, lächelt blöd in die Kamera.

»Fang an«, sagt Lenny.

»Was?«, fragt Constantin.

»Du fängst an«, sagt Özge.

»Ah, okay, okay, ich fang an. Ich fang so was von an. Ich fang an. Guten Abend, meine Damen und Herren, hier ist TMG-TV mit dem ultimativen Abifilm. Mein Name ist

Constantin Rüdenscheid und neben mir sitzt meine bezaubernde …«

»Das wollten wir weglassen«, fährt Özge dazwischen.

»Wir kommen klar.«

»Weiter«, ruft Lenny, »einfach weiter, ich schneid das später raus.«

Er steht direkt hinter mir und glotzt auf das Display meiner Kamera.

»Meine bezaubernde …«, wiederholt Constantin.

»Nee.« Özge springt auf und schaut Lenny scharf an. »So geht das nicht. Ich hab doch später gar keinen Einfluss darauf, was du rausschneidest und was nicht.«

»Vertraust du mir nicht?«, fragt Lenny.

Kurz erwidert sie seinen Blick und macht ein Gesicht, als hätte sie seines noch nie gesehen. »Doch. Schon.« Sie setzt sich wieder.

»Wir kommen klar«, sagt Constantin.

»Dann mach weiter, Mann«, knurre ich.

»… Co-Moderatorin Özge Ergün. Wir haben die Ehre, euch heute nicht nur durch die wundervollen Erinnerungen an acht Jahre TMG, sondern auch …«

»Stopp mal«, sagt Lenny. »Kannst du das Blatt nicht tiefer halten? Oder ganz weglegen? Das sieht doch scheiße aus, wenn du alles abliest. Du kannst ja wohl drei Sätze im Kopf behalten und in die Kamera sprechen, oder?«

Will Lenny die ganze Zeit wie ein Regisseur in meinem Rücken stehen und mir über die Schulter glotzen?

»Wir kommen klar.« Constantin legt die Blätter weg.

»Und bitte«, sage ich.

»Was – bitte?«, fragt Constantin.

»Sprich deinen Text, Mann!«

»Deinen Text, Mann«, wiederholt Constantin, und niemand weiß, ob das jetzt ein Witz sein soll.

»Moment mal«, meldet sich Daria. »Ich denke, wir brauchen eine kurze Pause.«

»Aber echt«, witzelt Lenny. »Ich mein – wir sind ja hier schon fast eine ganze Minute ohne Unterbrechung am Arbeiten.«

Ohne darauf einzugehen, sagt Daria mit ihrem Standardlächeln: »Wenn das für euch okay ist, würde ich den Text gern mal rasch mit Constantin durchgehen.«

»Wir kommen klar«, nickt der und zieht wieder sein Smartphone raus.

Lennard

Wir andern haben natürlich gleich gepeilt, dass sie ihn unter vier Augen sprechen will, vielleicht muss sie ihm gerade 1 Szene machen, was weiß ich. Jedenfalls verlassen wir auf Kommando den Raum.

»Meldet euch, wenn ihr so weit seid«, brummt Muriel.

Wir steigen die Treppe rauf ins Erdgeschoss & sie, also Muriel, läuft wieder hoch in ihr Zimmer. Irgendwas ist da total komisch dran, an ihrem ganzen Verhalten. Klar, sagte ich ja schon, dass die eh ein Rad abhat. Aber iwie stimmt da heute was ganz besonders nicht mit der. Sicher wegen Conni.

Sie hasst den Typen doch, sie glaubt ja echt, dass er Precious getötet hat, also indirekt & jetzt ist er hier in ihrem Haus. Könnte ich verstehen, dass sie das verrückt macht. Aber warum hat die sich dann überhaupt für das hier gemeldet? Das macht doch iwie keinen Sinn …

Özge & ich gehen ins Wohnzimmer. Sie öffnet die Terrassentür & geht nach draußen in den Garten, zündet sich 1 Zigarette an. Ich stelle mein Whiskyglas ab & peil das Glas mit Cola an, das sicher Daria vorhin da stehen gelassen hat & leere es in einem Zug. Dann stell ich die Colaflasche zurück in den Kühlschrank. Nicht, weil ich so ein ordentlicher Mensch wär. Es is halt nur 1 guter Grund, mal unauffällig in den Kühlschrank zu gucken. Bloß mal checken, ob ich da was für zwischendurch finde. Aber der Kühlschrank ist genauso groß & leer wie das ganze Haus um ihn herum.

Muriel

Ich wecke den Laptop auf und gebe das Passwort ein. Auf dem Bildschirm erscheinen Daria und Constantin. Es ist wirklich unheimlich.

»Das sehe ich selbst«, sagt Daria gerade. »Ich mache mir einfach Sorgen, weißt du? Ich möchte, dass wir über alles sprechen können. Dass wir unsere Beziehung nicht mit Geheimniskrämerei vergiften. Du weißt genau, dass ich nichts auf der Welt mehr hasse als Lügen.«

Constantin hängt spreizbeinig im Sessel, streckt die Hand nach ihr aus, greift ins Leere.

Sie: »Wenn du mit mir über bestimmte Dinge nicht sprechen willst, sag es einfach. Das ist in Ordnung für mich. Aber ich mag nicht, dass du mir so ausweichst.«

»Wer weicht hier wem aus?« Diesmal kriegt er sie zu fassen, zieht sie auf seinen Schoß.

»Und du fühlst dich ganz heiß an«, sagt sie.

Ich tippe auf Crystal Meth.

»War 'ne harte Zeit zuletzt«, sagt er und drückt ihren Kopf an seine Schulter. Ihr Hals gibt nach.

»Ja, das Abi.« Dann sagt sie ihm etwas ins Ohr, das ich nicht verstehen kann.

In seinen Augen sehe ich, dass das, was ihm zusetzt, nichts mit Schule und Lernstoff zu tun hat.

»Warte mal kurz.« Er schiebt sie von sich, steht auf, geht ein paar Schritte aus dem Blickfeld heraus. »Wollte nur sehen, ob die Kamera auch wirklich aus ist.« Sein Rücken taucht wieder auf. Er steht vor ihr, lässt den Kopf rollen und die Schultern kreisen, ein tektonisches Ereignis aus Muskelspiel. *Definierter Körper.* Vielleicht will er seine Verspannung lockern oder seine Freundin anmachen oder schlicht sich selbst spüren. Sichergehen, dass er überhaupt noch existiert.

Ich muss zugeben, er hat einen fantastischen Körper. Und du denkst vielleicht, jemand mit einem solchen Körper hat es nicht nötig, Mädchen zu kaufen. Ich bin mir sicher, dass er Precious nicht gekauft hat, weil er dringend Sex brauchte und nirgends landen konnte. Er hat sie gekauft, weil es ihn berauscht, absolute Macht über einen anderen Menschen auszuüben. Er und noch ein Zweiter. Es könnte Laurenz gewesen sein, aber da bin ich mir nicht sicher. Bis jetzt jedenfalls nicht; aber nachher werden wir es wissen. Ich fühle, wie das Blut aus meinen Fingerspitzen zurückweicht, nichts als Eiseskälte hinterlässt, während ich zögernd über die Maus streife. So als wollte selbst mein Blut mit dieser Angelegenheit nichts zu tun haben. Genau ein User ist zurzeit auf meiner Website. Vielleicht jemand Wildfremdes, der sich von Link zu Link durch die Blogosphäre treiben lässt und zufällig hier gelandet ist? Oder jemand aus unserer Stufe, der uns alle hier kennt?

Ich wende mich um, öffne den Käfig und nehme die Ratte heraus, streiche über ihr Fell, spüre ihren schnellen Atem und die Wärme ihres Körpers an meinen kalten Fingern.

»Lass das«, ruft Daria, »das ist ekelhaft.«

»Eine Menge Frauen würde das anders sehen«, entgegnet Constantin.

Ich zögere, schaue bloß die Ratte an. Die zuckt mit der Nase, als wolle sie sich aus meinen Händen winden und an mir vorbei auf den Bildschirm sehen. Dann kann ich der Versuchung nicht widerstehen und drehe mich zum Schreibtisch um. Constantin steht noch immer genau vor Daria, mit dem Rücken zu meiner Webcam. Was er tut, kann man nur erahnen.

»Ich bin nicht eine Menge Frauen.« Ich sehe Darias Gesicht nicht, aber ihre Stimme klingt erstaunlich fest und klar. »Deshalb willst du schließlich mich und nicht jede Menge andere. Oder? Und ich brauche Zeit für solche … Dinge.«

Die Ratte quiekt. Ich habe sie aus Versehen viel zu fest zwischen meinen Händen gedrückt. Damals in Rerik dachte ich, ich müsste Daria vor ihm beschützen. So wie ich Precious vor ihm beschützen wollte. Doch am Ende konnte ich weder der einen noch der anderen helfen. Im Grunde habe ich doch alles nur schlimmer gemacht. In meinem Mund schmeckt es plötzlich sauer. Mir ist übel. Mit welchem Recht tue ich das hier? Ist es mir das wirklich wert, dass ich Daria vor der Welt da draußen bloßstelle? Ich schlucke energisch, setze die Ratte wieder in den Käfig und mich auf den Schreibtischstuhl. Ich klicke in den Browser und unterbreche den Stream. Das Bild auf meinem Blog wird schwarz. Langsam fährt die Wärme in meine Finger zurück. Bloß der eine User ist immer noch da.

Eigentlich sollte ich auch die Überschrift entfernen oder vielmehr gleich den ganzen Beitrag löschen. Doch dazu fehlt mir plötzlich die Kraft. Gegen die aufsteigende Lähmung stemme ich mich hoch und zwinge mich, wieder hinunter zu den anderen zu gehen. Was habe ich mir da eingebrockt! Wegen dieser hirnrissigen Idee muss ich nun noch für den Rest des Abends die Anwesenheit von Lenny und Özge, Daria und Constantin ertragen. Am liebsten würde ich sie alle sofort rauswerfen. Tut mir leid, Leute, es war ein Missverständnis. Und jetzt verpisst euch alle. Vor allem du, Constantin. Ich war kurz davor, dich dranzukriegen, aber dann haben mir die Nerven versagt. Da hast du echt noch mal Glück gehabt.

»Okay«, höre ich im Laptop noch Constantin sagen, der jetzt wieder offline ist. »Wir kommen klar.« Ich sehe auf dem Bildschirm, wie er sich in den Sessel neben Daria fallen lässt. »Weißt du was? Ich hab Hunger. Aber so was von.«

Noch mal Glück gehabt. Hoffentlich bemerkt jetzt nicht trotzdem noch jemand die versteckte kleine Kamera auf dem Beamerobjektiv.

Lennard

Özge steht draußen & raucht. Ich find Rauchen wirklich eklig, aber trotzdem könnt ich ihr stundenlang dabei zugucken. Özge ist absolut null Mainstream.

Aber von allen Mädchen in der Stufe war 1 noch viel weniger Mainstream als alle, nämlich Precious. Die ist auf 'ne ganz seltsame Weise gleichzeitig voll hübsch & gar nicht hübsch gewesen. Sie sah wie 16 aus & gleichzeitig wie 60. Ihr Gesicht hatte was ganz Edles, als hätte 1 Bildhauer sie aus Obsidian gemacht. Meistens guckte sie auch so streng, dass du sofort dachtest, du hättest ihr was getan. Außerdem hatte sie da diese Narbe unter dem linken Auge. So kreisrund wie 1 für immer eingebrannte Träne. Lachen tat sie selten. Aber wenn, ja wenn die mal gelacht hat, dann war der ganze Raum voller Musik & bunter Farben, iwie so. Man kann das gar nicht anders beschreiben. Seit sie weg ist, fehlt mir das echt total. Hätte ich vorher nicht gedacht. Wie wenn du merkst, dass du aus Doofheit dein Lieblingslied vom Handy gelöscht hast, wobei du aber gar nicht wusstest, dass das dein Lieblingslied gewesen ist – bis zu dem Moment halt, wo es schon weg ist.

Was hätt ich anders machen sollen? Frag ich mich die ganze Zeit. Fällt mir aber nix ein.

Özge

Der Garten ist genauso riesig wie das verdammte Haus und genauso seelenlos mit seinem einfältig getrimmten Rasen und der rückwärtigen Mauer aus rechtwinkligen Koniferen. Wenn ich so einen Garten hätte, würde ich ihn verwildern und mich jeden Morgen davon überraschen lassen, welche neuen Blumen über Nacht eingewandert sind. Aber ich habe mal gelesen, dass so etwas verboten sei, weil sonst die Pollen über den Zaun wehen und die Chrysanthemenbeete in Nachbars Garten überfremden. Bei ihren Zäunen verstehen die Deutschen keinen Spaß.

Durch die Terrassentür sehe ich, wie Lennard den Kühlschrank inspiziert. Was immer er sucht, ich denke nicht, dass er es da drin finden wird. Er erinnert mich an einen tragischen Clown. Hinter seiner Clownsmaske macht er sich viele Gedanken über das Leben und die Menschen und hat gar keine Möglichkeiten, sie auszudrücken. Also fast keine. Ich rauche eine Zigarette und formuliere im Kopf einige gerade, schnörkellose Sätze zum Einstieg in den verdammten Film und zur Anmoderation des ersten Teils. Moderieren gehört nicht zu meinen Stärken. Eine Moderation sollte ausgewogen sein. Ich bin nicht gern ausgewogen, ich polarisiere lieber. Das ist nichts Schlechtes, im Gegenteil, es hält eine demokratische Gesellschaft lebendig, so wie zum Beispiel Nord- und Südpol das Erdmagnetfeld am Laufen halten.

Neben der Terrassentür steht in der Kiesumrandung ein kleiner tönerner Aschenbecher, ein freundlicher Fremdkörper in diesem sterilen Kosmos. Darin drücke ich meine Zigarette aus und muss an die Narbe in Precious' Gesicht denken, wie beinahe immer, wenn ich eine Zigarette ausdrücke. Deshalb schnippe ich sie meistens einfach weg. Aber nicht in diesem Garten, wo Muriel womöglich am Ende noch Ärger meinetwegen bekäme. Ich gehe wieder hinein.

Lennard lehnt an der Küchenanrichte und nippt versonnen an seinem Whiskyglas. Jetzt schreckt er auf, als hätte ich ihn bei etwas ertappt. Rasch fängt er sich wieder und sagt: »Das Zeug steigt einem schneller in den Kopf, als man es trinken kann. Wenn man nur dran riecht. Trinkst du öfter mal harte Sachen?«

»Nee. Diese Bar da unten hat mich provoziert. Dieses ganze Haus.«

»Und das Krasseste an dem ganzen Haus ist ja wohl die Hausherrin«, sagt Lennard. »Irgendwas stimmt mit der nicht, ich komm bloß nicht drauf.«

»Das sagt doch jeder.«

»Nee, ich meine speziell heute. Die rennt dauernd in ihr Zimmer rauf, als hätte sie eine ultrageheime Mission.«

»Vielleicht macht es sie einfach nervös, dass wir alle hier sind?«, überlege ich. »Sie ist ja nicht so der gesellige Typ.«

»Nee, echt nicht«, sagt er. »Aber die haben einen endgeilen Air-Hockey-Tisch. Hast du Bock, was zu zocken?«

»Zocken?«

»Air-Hockey. Unten im Keller. Der Raum neben dem Kinosaal.«

»Ehrlich gesagt, will ich endlich loslegen. Ich hab mit dem Abend noch was anderes vor.«

»Schade«, sagt er und löst sich von der Küchenanrichte.

»Na, lass uns mal gucken, ob die ihren Kram inzwischen geregelt haben.«

Ich folge ihm in den Flur, wo uns Daria und Constantin schon entgegenkommen.

»Kann es weitergehen?«, frage ich.

»Con hat Hunger«, berichtet Daria. Sie klingt wie meine große Cousine Aynur, wenn sie ihr Baby stillen muss. »Wir wollten vorschlagen, ob wir uns nicht vielleicht eine Pizza bestellen können.«

»Großartige Idee«, nickt Lennard, »ich hab auch schon einen gewissen Appetit.« Zu mir gewandt: »Kennst du *Lieferfritze24*? Der hat auch zwei, drei vegane Sachen auf der Karte.«

»Kannst du ihm nicht schnell ein verdammtes Spiegelei braten?«, frage ich Daria, was ich natürlich sarkastisch meine, aber sie fasst es so normal auf, als sei das ihre vorgegebene Rolle.

Sie sieht ihren Freund fragend an, doch bevor der antworten kann, wirft Lennard ganz unbedacht ein: »Das wird nix, der Kühlschrank ist praktisch leer.«

Gleich darauf wird er rot, aber nur kurz. Ohnehin geht niemand darauf ein.

»Wenn es sein muss«, seufze ich. »Aber solange wir auf die Lieferung warten, zeichnen wir wenigstens die erste Moderation auf. Damit wir endlich weiterkommen.«

Die drei nicken. Oben am Treppenabsatz steht Muriel. Sie sieht plötzlich sehr abgekämpft aus. Als hätte sie während dieser kurzen Raucherpause einen gewaltigen Kampf auszufechten gehabt. Und verloren. Sie hat offenbar die letzten Sätze mitgekriegt und nickt ergeben.

»Meinetwegen«, sagt sie.

Plötzlich kommt Leben in die Veranstaltung. Es wird Essen gewählt und geordert, danach steigen wir wieder in den Kinosaal hinunter und keine zehn Minuten später sind unsere Begrüßung und die Anmoderation der alten Filme *im Kasten,* wie man das wohl nennt. Als Nächstes sprechen Constantin und ich abwechselnd kurze Kommentare in die Kamera. Wir machen das wie bei diesen Countdown-Shows im TV – *Die besten hundert irgendwas aller Zeiten,* ihr kennt das. Tatsächlich haben diese alten Filme aus der Unter- und Mittelstufenzeit etwas Rührendes. Ich sehe Daria mit lauter rosa Spängchen im Haar und den kleinen dicken Lennard mit Ketchup-Flecken auf seinem Bob-der-Baumeister-Pulli. Und ein fröhliches Türkenmädchen mit langen roten Zöpfen, das von einem eigenen Pony träumt und noch nichts von Systemkritik weiß. Wie ein Hauch von Vergänglichkeit weht uns die Vorstellung an, dass wir einmal Kinder waren vor gar nicht langer Zeit und es nun nicht mehr sind.

Natürlich nicht nur wegen der Sache mit Precious.

Aber auch deswegen.

Muriel

Über Precious' Kindheit wissen wir nichts. Ich kann mir nicht vorstellen, dass sie als kleines Mädchen schon so verschlossen war, wie wir sie kennengelernt haben. Ich stelle mir vor, dass sie ein lustiges Kind gewesen ist, das ständig neuen Blödsinn ausgeheckt hat. Aber dieser echten, ursprünglichen Precious sind wir nie begegnet, denn die ist in ihrer Heimat und auf dem langen Weg hierher viele Tode gestorben.

Ich erinnere mich an einen Nachmittag, da hatten wir Schulsport. Kaum ein Fach habe ich mehr gehasst als das. Ich saß auf einer dieser Turnhallenbänke, wo man wie auf der Hühnerstange hockt, atmete den fiesen Geruch aus Gummiboden und altem Schweiß ein und lauschte den typischen Turnhallengeräuschen – dieser Kombination aus quietschenden Schuhsohlen und dem Aufschlagen eines viel zu harten Balls. Fußball wurde gespielt, in gemischten Mannschaften. Ich war ein bisschen umgeknickt und hatte mich auswechseln lassen. Und verbrachte den Rest der Sportstunde damit, Precious zu beobachten. Sie zog den Ball magisch an, er klebte an ihrem Fuß, als würden die Naturgesetze für sie beide, Precious und den Ball, nicht gelten. Es sah aus, als würde sie all ihre Gegner austanzen, wobei sie allerdings die Augen halb geschlossen hielt und derart abwesend wirkte, als tanze sie ausschließlich mit sich allein; als würde sie genau dieselben Bewegungen auch dann vollführen, wenn sie mutterseelenallein in der ganzen Halle wäre. Plötzlich hob sie den Kopf wie ein Raubtier, das seine Beute erspäht, ganz kurz nur, und dann zog sie gnadenlos ab und nagelte den Ball mit einem Granatenschuss in den Torwinkel. Für einen Moment blieben alle staunend stehen, dann brandete Applaus auf, sogar von der gegnerischen Mannschaft, und doch hielten alle respektvoll Abstand; keine High Fives, kein Schulterklopfen, als umgäbe sich Precious mit einem magischen Bann. Sie trabte einfach zurück hinter die Mittellinie und begann ihren Tanz von vorn. Und ich konnte mich nicht sattsehen an ihren Bewegungen. Je nachdem, wie sie loslief und stoppte, sich um die eigene Achse drehte, einen Jungen ins Leere laufen ließ, den Ball annahm oder weiterpasste, traten andere Muskeln an ihren Ober- und Unterschenkeln hervor. Und ich konnte einfach den Gedanken nicht fassen, wie ein zufälliges Durcheinander von Kohlenstoffverbindungen in wenigen Hundert Millionen Jahren Evolution so ein perfektes Kunstwerk hatten schaffen können; konnte einfach die Vorstellung nicht fassen, wie diese Beine ihren sehnigen Körper über Tausende Kilometer hinweg aus der Hölle heraus, durch die nächste Hölle hindurch und irgendwann hierher in diese räudige, stinkende Turnhalle getragen haben mussten; konnte mich nicht dagegen wehren, ihre fast schwarz schimmernde Haut zu bewundern und mir heimlich zu wünschen, diese Haut einmal zu berühren. Vermutlich auch eine Form von Rassismus, fürchte ich. Ich trug beim Sport immer eine lange, ausgeleierte Jogginghose. Zwar mag ich meine bleichen Beine eigentlich, aber auf die abschätzigen Blicke der anderen, männlich wie weiblich, verzichtete ich lieber. Deshalb gehörte ich am Ende der Sportstunde immer zu den Ersten im Umkleideraum und war als Erste fertig umgezogen. Precious kam hereingetrottet mit ihrem gleichmütigen Blick, zog ein Handtuch aus ihrer Tasche und begann, ihre unbändigen Haare abzurubbeln, obwohl sie kein bisschen geschwitzt hatte, wie mir schien.

»Wow, Precious«, sagte ich, »du bist eine Fußballgöttin. Wo hast du das gelernt?«

Zweifellos verstand niemand hier weniger von Fußball als ich, aber um fachliche Expertise ging es ja gar nicht.

»An der Secondary School war ich im Girls' Soccer Team«, antwortete sie. Dann schaute sie durch mich hindurch und sagte: »Früher träumte ich davon, für mein Land beim Worldcup zu spielen. In unserem Nationalteam gibt es eine Frau, die auch Precious heißt mit Vornamen. Sie ist Torfrau und Captain. Ich habe sie immer bewundert. Und ihren Namen fand ich schon immer gut.«

Natürlich fand sie den Namen gut, schließlich war es doch ihr eigener, dachte ich. Oder hatte sie ihn sich vielleicht *zugelegt*? Kam das nicht bisweilen vor, dass Menschen auf der Flucht den Namen wechselten? Komischerweise mochte ich mir gar nicht vorstellen, dass sie in Wahrheit anders heißen könnte als Precious. Und irgendwie doch.

»Das klingt total spannend«, sagte ich. »Hast du Lust, zusammen ein Eis essen zu gehen und ein bisschen zu reden?« Das war unsere letzte Schulstunde an diesem Tag gewesen, jetzt hatten wir frei. Ihre Augen schnellten kurz nach rechts und links, wie ich es schon einmal bei ihr gesehen hatte – ein paar Monate zuvor bei unserem Gespräch in der Bibliothek. Genau wie damals wirkte sie wieder, als müsse sie Fluchtwege abchecken. Und genau wie damals gab sie auf, sie nickte bloß. Vielleicht würde es wieder einen Deal geben und ich noch eine weitere Geschichte bekommen. Dass sie nicht mit mir befreundet sein wollte, hatte ich natürlich kapiert. Aber auch ohne befreundet zu sein, kann man doch mal zusammen ein Eis essen, fand ich. Ehrlich gesagt – je mehr sie sich abschottete, desto mehr faszinierte sie mich.

So saßen wir also wenig später im Schatten eines Sonnensegels und saugten an den Strohhalmen unserer Milchshakes.

»Und hast du schon einmal überlegt, hier in Deutschland in einen Fußballverein zu gehen?«, fragte ich sie. »Vielleicht ist es nicht ganz so wie in deinem Traum, aber ich glaube, es gibt viele Mädchenmannschaften in der Stadt.«

Precious schüttelte den Kopf.

»Heute träume ich davon, Mitglied in einem Fitnessclub zu sein.«

»Wieso ausgerechnet das?«

»Weil es nicht geht. Ist es nicht so, dass man immer von den Dingen träumt, die man nicht haben kann?«

»Wieso kannst du nicht in den Fitnessclub?«

»Sie nennen es Abo. Du musst ein Abo haben, wenn du im Fitnessclub sein willst. Aber du bekommst ein Abo nur, wenn du ein Bankkonto hast. Ich habe kein Bankkonto. Ich habe meinen Vormund gefragt, ob ich ein Konto bekommen kann, aber er hat gesagt, ich soll einfach laufen gehen im Park.«

Laufen gehen, dachte ich. Wie zynisch.

»Alle gehen in den Fitnessclub«, sagte sie. »Alle in meinem Wohnheim, die keine Refugees sind. Sie haben nämlich ein Konto. Ich dachte ja erst, dieses Heim sei ein Waisenhaus. Aber es ist gar nicht für Leute ohne Eltern, sondern für Leute, die eine Ausbildung machen. Sie kommen von weit her, wo es für sie keine Arbeit gab, aber hier in der Stadt gibt es Arbeit, und deshalb wohnen sie im Heim und fahren am Wochenende nach Hause. Und sie sagen immer: *Ich wohne zwar im Heim, aber ich bin ganz normal, ich wohne nur wegen der Ausbildung im Heim.* Und daran sehe ich, dass wir Refugees nicht normal sind. Wenn du normal bist, kannst du in den Fitnessclub, und wenn nicht, dann kannst du nicht. Ich wünschte wirklich, ich wäre auch normal.«

Wow. Noch nie hatte Precious so viel an einem Stück gesprochen. Jedenfalls nicht mit mir.

»Ach, normal …«, wiederholte ich und klang vielleicht eine Spur zu verächtlich. »Ist dir aufgefallen, dass neunzig Prozent der Mädchen an unserer Schule genau gleich aussehen? Alle haben sie lange glatte Haare, sogar die Mädchen mit lockigen Haaren machen das so, dass sie glatt aussehen. Alle haben dieselben Klamotten an und machen denselben komischen Knick in der Hüfte, wenn sie mitten im Gang stehen bleiben und auf ihr Handy gucken. Zupfen sich die Augenbrauen nach den Anweisungen von YouTube-Tutorials. Und das Schlimmste ist: Sie wollen es so. Sie wollen gleich sein, zum Mainstream gehören, bloß nicht aus der Masse hervorstechen.«

»Aber wenn alle gleich aussehen wollen, warum habt ihr dann keine Schuluniformen?«

»Habt *ihr* Schuluniformen? In Nigeria?«

»Natürlich. Bevor ich begann, hier zur Schule zu gehen, dachte ich, überall auf der Welt tragen die Schüler eine Uniform. Meine war himmelblau, ein Rock und ein Halstuch. Und eine weiße Bluse. Ich habe sie geliebt. Das war sehr schön, dass wir dadurch alle zusammengehörten. Aber jeden

Nachmittag im Bus auf der Heimfahrt musste ich ein unauffälliges Kleid darüberziehen.«

»Wieso?«

Precious biss sich auf die Lippen, als hätte sie schon jetzt viel mehr erzählt, als sie eigentlich wollte.

»Bitte«, sagte ich. »Erzähl weiter.«

»Meine Highschool war in Yola«, sagte sie, »das ist eine große Stadt, da war es meistens sicher. Aber ich wohnte auf dem Land. So wie die *normalen* Leute aus meinem Wohnheim. Aber ich bin eben jeden Tag nach Hause gefahren, nicht nur am Wochenende. Und draußen, dort in den Dörfern, ist es nicht sicher. Wenn Boko Haram dich in einer Schuluniform sieht, dann wissen sie, dass du zur Schule gehst …«

»Oh, verstehe«, nickte ich, obwohl ich natürlich höchstens ansatzweise eine Ahnung hatte. Ich wollte nachfragen, doch ein Blick in ihre Augen genügte, um es mir zu untersagen. Ich wechselte das Thema.

»Und wie ist dieser Typ so? Dein Vormund? Was macht überhaupt ein Vormund? Ich muss zugeben, ich hab nicht die geringste Ahnung.«

»Er heißt Herr Neumann und er bestimmt über mich«, antwortete Precious. »Also er *kann* über mich bestimmen, wenn er will. Als wäre er mein Vater. Aber er hat gar keine Zeit, über mich zu bestimmen, denn er ist auch der Vormund von mehr als dreißig anderen Refugees, die noch nicht achtzehn sind. Ich sehe ihn nicht sehr oft. Und wenn, dann fragt er mich immer bloß nach der Schule, und jedes Mal sagt er, dass ich bald einen Platz in einer Therapie bekomme.«

Das Wort Therapie ließ mich zusammenzucken. Über

Therapien hätte ich viel erzählen können, doch das tat ich lieber nicht.

»Für mich ergibt das alles keinen Sinn«, sagte ich schließlich. »Sie wollen dich rausschmeißen, aber wollen dich vorher noch therapieren. Du sollst zur Schule gehen, aber möglichst bald das Land verlassen. Das ist doch alles vollkommen unlogisch. Ich … ich habe einiges gelesen über Nigeria. Über Boko Haram. Ich kann es nicht fassen, dass sie dich zurückschicken wollen. Hast du überhaupt jemanden, bei dem du wohnen kannst?«

»In unserem Nachbardorf wohnt meine Tante. Aber sie ist sehr krank, ich glaube, sie stirbt bald. Einer aus dem Dorf hat ein gutes Handy und manchmal kann ich mit ihr skypen. Es geht ihr schlecht – sie hat ein Bein verloren und die Wunde heilt nicht.« Precious nahm den Strohhalm aus ihrem Glas, leckte das untere Ende ab und fuhr damit in seltsamen Linien über die Papiertischdecke zwischen uns. Es erinnerte mich an damals in der Bibliothek, als sie während ihrer Erzählung auf ihrem Schreibblock vor sich hin gekritzelt hatte. Vielleicht war sie für den Moment gar nicht hier mit mir in einem Eiscafé in der Fußgängerzone einer deutschen Großstadt, sondern weit fort in Afrika. Ich hielt förmlich den Atem an und machte keine Bewegung, weil ich plötzlich Angst hatte, ihr könnte meine Gegenwart wieder bewusst werden und sie würde verstummen.

»Meinen Onkel und meine Cousins haben Boko Haram getötet. Meine Cousinen haben sie mitgenommen in die Wälder. Wir haben nie wieder von ihnen gehört, bis auf Edith. Edith stand eines Tages plötzlich da. Sie sagte, sie hätte fliehen können. Meine Tante rief das ganze Dorf zusammen.

Sie wollten ein großes Fest feiern. Da gab es eine Explosion. Viele starben und meine Tante verlor das linke Bein. Sie wäre fast verblutet. Erst später hat die Polizei herausgefunden, was passiert war: Edith hat unter ihrem Kleid eine Weste mit Sprengstoff getragen. Die Boko-Haram-Männer hatten sie drei Monate lang in ihrer Gewalt gehabt. Sie haben sie umgedreht und als lebende Bombe ins Dorf zurückgeschickt.« Precious blinzelte, als verscheuche sie mit den Wimpern eine unsichtbare Fliege. »Edith war dreizehn.«

Ich sagte lange nichts. Precious auch nicht. Sie schaute in den Himmel, dann steckte sie irgendwann den Strohhalm wieder in ihr Glas und schlürfte den Shake auf. Dieses ganz und gar unschuldige Geräusch, das einfach nur nach Sommersonne und kindlichem Genuss klang, ließ alles Gesagte nachträglich völlig absurd erscheinen. Aber Precious blickte gleichmütig in das Glas, leckte sich über die Lippen und sagte: »Bald sind Sommerferien. Dann soll ich nach Berlin fahren. Ich soll zur Botschaft meines Landes gehen und Papiere beantragen. Ich habe nämlich keine. Meinen Ausweis haben mir … jemand hat ihn mir weggenommen, schon vor langer Zeit. Ich soll die Leute in der Botschaft überzeugen, dass ich aus Nigeria komme. Und dass ich wirklich so heiße, wie ich heiße. Und dann soll ich bezahlen. Denn das kostet Geld. Niemand gibt mir das Geld, verstehst du? Die Frau im Amt will, dass ich Papiere von Nigeria habe, weil sie mich ohne Papiere nicht aus Deutschland fortschicken kann, aber die Frau im Amt will nicht dafür bezahlen, sondern ich muss selber dafür bezahlen. Und wenn ich die Papiere habe, muss ich gehen. Weil ich dann sowieso achtzehn sein werde. Sagt die Frau im Amt.«

»Wann hast du denn Geburtstag?«, fragte ich.

Da verzog sie das Gesicht zu einem seltsamen Grinsen.

»Am 31. Dezember werde ich achtzehn«, sagte sie. »Jedenfalls hat das Gericht es so entschieden.«

»Bitte?«

»Ja, ich weiß schon. Hier in Europa spielt es eine wichtige Rolle, dass man den eigenen Geburtstag feiert. Bei uns sind andere Dinge wichtig. Ich kenne mein Geburtsdatum nicht. Ich weiß nicht, ob ich schon achtzehn bin. Die anderen Refugees haben gesagt, ich soll sagen, dass ich jünger bin. Das machen alle. Die Frau im Amt hat es mir aber nicht geglaubt. Sie haben meine Hand geröntgt, denn man kann das Alter an den Knochen sehen. Sie haben meine … meine Schamhaare untersucht. Und dann hat das Gericht gesagt, dass ich wirklich noch nicht achtzehn bin. Und dass mein Geburtstag jetzt an Silvester ist. So wie bei vielen anderen Refugees. Wir könnten alle zusammen eine große Geburtstagsparty machen. Aber ohne mich.« Plötzlich blitzte etwas in ihren Augen. »Denn bis dahin werde ich längst in Schweden sein.«

»Du hast schon einmal erwähnt, dass du nach Schweden willst«, sagte ich. »Aber was erwartet dich da? Worauf hoffst du?«

»Meine Tante hat dort eine Verwandte, die ist Ärztin. Sie wird mir helfen.«

»Kennst du sie überhaupt?«

»Nein. Nicht mal meine Tante kennt sie. Sie ist vor langer Zeit fortgegangen.«

»Aber du hast die Adresse.«

»Nein.«

»Aber du kennst die Stadt.«

»Nein.«

»Herrje, weißt du irgendwas über diese Frau?«

»Sie heißt Olivia.«

»Olivia – und weiter? Oder ist das der Nachname?«

»Den Nachnamen kenne ich nicht.«

Sie saugte noch einmal an ihrem Strohhalm, obwohl ihr Glas inzwischen völlig leer war.

»Wie willst du sie finden? Woher weißt du, ob sie überhaupt noch lebt?«

Precious antwortete mit dem Zischeln ihres hohlen Strohhalms.

»Wie denkst du dir das?« Plötzlich hörte ich die strenge Stimme meiner Oma aus mir sprechen. »Was stellst du dir vor? Gehst du über die Grenze und fragst den Erstbesten, den du triffst, ob er eine gewisse Olivia kennt, eine Ärztin, die aus Nigeria stammt?«

Da hob sie den Kopf, genauso, wie sie vorhin beim Fußball den Kopf gehoben hatte, um das Tor anzupeilen. Leise, aber bestimmt sagte sie: »Ich denke gar nichts. Ich überlege mir nicht, was ich tue, nachdem ich eine Grenze übertreten habe. Denn egal, was ich mir überlegen würde – es wird sowieso ganz anders kommen.«

Sie beugte sich vor und zischelte mit dem Halm.

»Magst du noch einen Shake?«, fragte ich.

Sie schüttelte den Kopf.

»Ich muss gleich gehen«, sagte sie.

Musste sie nicht, dachte ich; jedenfalls konnte ich mir kaum vorstellen, dass es etwas gab, wohin sie nun zwingend gehen müsste, irgendwelche Termine, Hobbys, Geigenunterricht, Fußballtraining, Theaterprojekt – ich glaube, sie hatte nichts dergleichen. Nur nirgends andocken, nur nicht sesshaft werden. Verhielt ich mich denn nicht genauso, seit der Sache mit meiner Mutter? Ein bisschen konnte ich es doch nachvollziehen. Warum war sie eigentlich nicht längst schon weg? Wenn sie doch so dringend weiterziehen wollte nach Schweden?

Ich schob das kleine Silbertablett mit meinem Glas darauf zur Seite und legte mein Smartphone auf den Tisch.

»Jetzt googeln wir«, sagte ich entschlossen. »Olivia, Sverige und … ich versuch es einfach mal mit *Dr. med.*, diese Abkürzung müsste doch international sein.«

Precious zuckte mit den Achseln und griff wieder nach ihrem Strohhalm.

Es gab nicht viele Treffer und nichts schien direkt auf eine Arztpraxis oder dergleichen hinzuweisen. Was allerdings schwer zu erkennen war, wenn man die Sprache nicht versteht. Ich versuchte es mit der einzigen Stadt, die mir auf Anhieb einfiel, Stockholm. Auch hier keine Hinweise. Ich versuchte verschiedene andere Kombinationen, aber es tauchte nichts auf, was uns auf den ersten Blick hätte weiterhelfen können. Precious rührte mit dem Halm im leeren Glas herum, als ginge sie das alles nichts an.

Mein Handy fragte mich: »Meinten Sie *Pippilotta*?«

Ich musste lachen, obwohl ich das nicht wollte.

»Was?«, fragte Precious.

»Kennst du Pippi Langstrumpf?«, fragte ich. »Ronja Räubertochter? Hast du je von Astrid Lindgren gehört?«

Sie schüttelte den Kopf.

»Das solltest du mal lesen«, sagte ich. »Nicht immer diesen schwülstigen Shakespeare-Kram.«

»Shakespeare ist nicht schwul«, entgegnete sie beleidigt.

»Schwülstig bedeutet so viel wie … kann ich jetzt gar nicht erklären. Ich schreibe übrigens auch ab und zu … also ich blogge. Gedanken, Fragmente, man könnte es auch Gedichte nennen … Falls du Lust hast, mal was davon zu lesen …« Hatte sie nicht, das sah ich in ihrem Blick. Ich beugte mich zu ihr vor und sagte: »Komm mich doch einfach mal besuchen. Ich weiß, von deinem Wohnheim aus gesehen lebe ich ganz am anderen Ende der Stadt, aber es fahren schließlich Busse dorthin. Ich könnte dich einfach nach der Schule mit zu mir nehmen. Wir kochen uns was und suchen eine Website, mit der wir auf Schwedisch übersetzen können, und dann recherchieren wir ganz systematisch nach dieser Olivia. Und ich suche ein paar schöne Bücher für dich aus.« Und wenn du möchtest, hätte ich fast noch gesagt, dann bezahle ich dir für den Heimweg ein Taxi, denn an Geld soll es nicht scheitern. An allem anderen meinetwegen schon, aber Geld ist kein Problem für mich. So ziemlich das Einzige, was kein Problem für mich ist. Aber ich sagte es eben nicht, denn ich wäre mir affig vorgekommen, Precious gegenüber mit dem Reichtum meines Alten zu kokettieren. Heute weiß ich, dass ich das besser hätte tun sollen. Hätte Precious gewusst, dass bei mir Geld zu holen ist, wäre sie niemals auf den Gedanken gekommen, sich Constantin anzuvertrauen. Mein Scheißgeld hätte ihr das Leben retten können …

Ich holte einen Collegeblock aus meiner Tasche und einen Kuli, riss einen Zettel ab und schrieb meine Adresse darauf.

»Hier wohne ich«, sagte ich und schob ihr das Karopapier hin. »Und meine Handynummer hast du ja, oder?«

Sie nickte und steckte den Zettel ein, ohne einen Blick darauf zu werfen. Dann stand sie auf.

»Ich muss jetzt gehen. Bis bald.«

»Bis morgen«, sagte ich und schaute ihr nach.

Ich wusste, dass sie niemals einen Fuß in mein Haus setzen würde. Und genauso war es auch.

3

Özge

Wir sitzen um den ausladenden Tisch im Wohnzimmer. Der bietet Platz für mindestens zehn Personen, doch die Vorstellung einer fröhlichen Partygesellschaft in diesen kalten Mauern wirkt abwegig vor meinem inneren Auge. Erst recht mit dieser Gastgeberin. Seit sie vorhin wieder aus ihrem Zimmer herabgestiegen ist, wirkt Muriel völlig abwesend, was immer sie dort getan hat. Ohne richtig hinzusehen, greift sie mit ihren Stäbchen ein Sushi-Teil aus der Plastikschale, lässt es in ihrem Mund verschwinden und guckt durch uns hindurch. Neben ihr schaufelt Lennard wie im Akkord die Lasagne in sich hinein. Ich beiße in mein Tomatenbaguette. Daria pikt mit der Gabel in ihrem Salat herum und beäugt Constantin, der sich während der letzten halben Stunde extrem zusammengerissen hat. Jetzt konzentriert er sich auf seine Pizza, als müsste er ein verdammtes Leichenteil sezieren. Auch wenn niemand etwas dazu sagt, sieht doch jede und jeder hier am Tisch, dass er irgendetwas genommen hat. Außer Daria vielleicht. Doch nicht einmal ihr dürften die Drogengerüchte entgangen sein, die in letzter Zeit um ihren Freund und dessen Buddy Laurenz aus der Rich-Kids-Clique kursieren. Vielleicht ist sie deshalb mit ihm zusammen: um ihn zu retten. Das würde zu Daria passen.

Muss man ihn retten? Vor was eigentlich? Für ihn selbst stimmt doch alles. Mit seinem Charme, den er ja unbestreitbar irgendwo hat, mit seinem großen Mundwerk und seinem gigantischen Selbstbewusstsein hat er sich ohne jeden Aufwand durch die Schulzeit geschummelt und wird, wie ich gehört habe, demnächst einen Job in der verdammten Firma von Laurenz' Vater antreten. Keine Ahnung, was diese Firma eigentlich genau macht. Sie verkaufen Finanzprodukte. Als sei Geld etwas, das man herstellen kann. Keine Ahnung auch, was Constantin dort tun wird. Die Rede ist von einem *Trainee-Studium*: Er arbeitet dort und geht parallel zur Uni, irgend so eine private Wirtschaftshochschule, und die Firma zahlt alles, so hab ich das verstanden. Weil Laurenz' Vater auf diesen Jungen steht. Große Arschlöcher ziehen kleine Arschlöcher an und machen sie zu noch größeren Arschlöchern, und so regeneriert sich diese ganze Arschlöchrigkeit innerhalb einer abgeschlossenen Blase aus Genpool und Networking.

Das Gespräch mit Lennard vorhin wurmt mich. Als wäre mein Kopf ein verdammter Komposthaufen. Ich kann mir nicht vorstellen, dass Constantin wirklich für Precious' Schicksal – wie immer das in Wahrheit aussieht – verantwortlich ist. Ich *will* es mir nicht vorstellen.

Und außerdem waren Muriels Vorwürfe damals einfach viel zu krude. Vor allem hat ihr auch deshalb niemand geglaubt, weil sie gar nicht konkret sagen konnte, was er denn genau getan haben soll. Stattdessen hat sie bloß stur behauptet, dass Constantin *sich Precious gekauft* habe. Ich habe eine verdammt rege Fantasie, was das konkret bedeuten könnte. Und so was will ich nicht mal Laurenz zutrauen.

Aber trotzdem wurmt mich Lennards Frage weiter. Denn eines muss ich euch gestehen: Ich fürchte, ich bin es gewesen, die damals Precious überhaupt auf die Idee gebracht hat, sich wegen Geld an Constantin zu wenden.

Übers Grübeln hab ich den Anschluss ans Gespräch verpasst.

Gerade sagt Lennard: »Natürlich gibt es von jedem aus der Stufe irgendwelche peinlichen Bilder, aber die nehmen wir nicht in den Film rein. Der ist ja nachher überall im Internet und so was kann später mal der Bewerbung schaden oder so. Ihr wisst schon.«

»Bullshit«, brummt Constantin, ohne von seiner Pizza aufzusehen.

»Komm schon«, beharrt Lennard, »auch du hast schon was getan, was dir peinlich wäre, wenn das einer auf Instagram teilen würde.«

Constantin hebt den Kopf. Seine Augen verengen sich, wobei die Pupillen gleichzeitig größer werden, als würde er Lennards Gesicht scharf stellen. Dann sagt er: »Ich habe noch nie was getan, was ich nicht auch vor allen Leuten machen würde. Wie sagte da immer der Gusenhöfer zu? Kurwa Publikum?«

»Coram publico«, verbessere ich großzügig. »Latein. Musst du nicht wissen.«

Da macht es Klick bei Muriel. Natürlich nicht akustisch, da ist nichts zu hören. Aber von einer Sekunde auf die nächste ist sie wieder unter uns. Voll anwesend, präsent und hoch konzentriert fixiert sie Constantin und sagt mit leiser, schneidender Stimme: »Du gehörst natürlich auch zu den Leuten, die immer behaupten, dass sie kein Problem mit Überwachung hätten. Weil du nichts zu verbergen hast.«

Den letzten Satz spricht sie sehr gedehnt aus. Und wir verstehen alle, dass sie auf Precious anspielt.

Constantins Blick schwenkt in Zeitlupe von Lennard auf Muriel. Sein unerschütterliches Selbstbewusstsein füllt den riesigen Raum bis in den letzten Winkel. Lennard schluckt. Daria fährt sich nervös mit der Hand durchs Haar und lächelt. In Constantins Kopf scheint sich eine Antwort zu formen.

Constantin

Muriel.
Glaube, die hasst mich wirklich.
Muss sofort wieder an den Morgen im Speisesaal in dieser abgefuckten Jugendherberge an der Ostsee denken.
Wie sie plötzlich auf mich los ist.
Hatte wohl vorher schon den ganzen Morgen über Terror gemacht, von wegen, dass Precious verschwunden wär.
Und den ganzen Abend davor schon.
Riesiges Durcheinander, aufgeregter Hühnerhaufen;
der Gusenhöfer hat einfach nur rumgeschrien,
hundert Prozent überfordert, der Mann.
Nur ich war cool.
Na, vor allem todmüde.

Hatte ja keine Minute geschlafen in dieser Nacht.
Musste mich drauf konzentrieren, Daria nicht zu lang in die Augen zu gucken.
Bin eben doch nicht so abgezockt,
wie die andern mich sehen.
Nee, genau.
Nicht mal ich.
Hatte also echt andere Sorgen als die Hysterie um Precious.
Okay, lag vielleicht auch daran, dass ich nicht ganz so überrascht war von ihrem Verschwinden wie alle anderen.
Fast alle anderen.
Na jedenfalls, ich kam da rein in den Saal, zum Frühstück, da entdeckte sie mich.
Muriel.
Schoss auf mich zu, brüllte mich an:
»Wo-ist-sie-wo-ist-sie-wo-ist-sie-los-sag-schon-du-Wichser-sag-schon-los-sag-es-du-hast-sie-gesehen-du-hast-sie-als-Letzter-gesehen-wo-ist-sie-was-hast-du-mit-ihr-gemacht!«
»Was?«
»Du hast ihr eine Nachricht geschickt!« Geiferte richtig.
»Gestern Abend. Dass du *liefern* wirst, du und irgendein anderer, und dass sie auch *liefern* muss. Und dann war sie plötzlich weg. Und! Kam! Nicht! Zurück!«
Dachte, die spuckt mir gleich ins Gesicht.
Oder verprügelt mich.
Bis Nina Friedrichs von draußen in den Speisesaal gestürzt kam:
»Am Strand! Am Strand, eine Jacke. Das könnte der Parka von Precious sein!«

Und Muriel, mich einfach weggerempelt, ist rausgerannt
und alle anderen hinterher.
Ich dann auch am Schluss.
Die Jugendherberge war ja ganz nah am Meer,
konnte man in drei Minuten hinspazieren.
Dauerte keine dreißig Sekunden, bis alle auf der Düne standen und glotzten.
Tatsächlich, der alte grüne Parka mit der Fellkapuze,
soweit man das auf die Entfernung sehen konnte,
dümpelte da in der schwachen Brandung.
Und Muriel ist einfach rein, nicht mal die Schuhe ausgezogen, einfach ins Wasser gerannt, klatschnass bis zu den Knien, die Jacke hochgerissen.
Die Taschen durchwühlt.
Fand nichts außer diesem Zettel.
Mit diesen vier Worten drauf.

Özge

Doch bevor Constantin ihr einen vernichtenden Spruch entgegnet, durchbricht Lennard die gespannte Stille und plappert – mit Absicht oder nicht – wundervoll unpassend dazwischen.

»Ich jedenfalls hab ja schon mindestens drei Online-Petitionen gegen so was unterschrieben«, meldet er, »also gegen so Geheimdienstzeug und so. Find ich nicht gut. Davon abgesehen«, schiebt er nach, »habe ich natürlich auch nichts zu verbergen.«

Komischer Seitenblick auf Constantin.

»Ich auch nicht«, betont Daria und lächelt, und ich weiß nicht, ob sie *uns* das mitteilen wollte oder ob das bloß an Constantin gerichtet war. Der hat die Szene innerlich längst verlassen, nachdem Lennard die Spannung durchbrochen hat, und sich wieder seiner Pizza zugewandt. Und seinem Handy.

»Außerdem, ich mein – wir sind ja selber schuld«, sagt Lennard, »wir müllen das Netz mit unseren Selfies zu und posten auf Instagram unser Mittagessen und auf Facebook, welchen Film wir gerade gucken und wo und mit wem. Aber ich steh auf dem Standpunkt: Je mehr belanglosen Quatsch wir hochladen, desto schwieriger machen wir's doch den Algorithmen von der NSA.«

»Nur, dass du vorher nicht immer weißt, was hinterher noch belanglos ist und was nicht«, mische ich mich ein.

»Stellt euch vor«, sagt Muriel und meint anscheinend uns alle, wobei sie vor allem Constantin nicht aus den Augen lässt, »jemand würde uns in diesem Augenblick filmen. Belanglos oder nicht?«

Kurz halten alle beim Kauen inne.

»Belanglos«, brummt Lennard dann.

»So was von«, nickt Constantin, ohne aufzublicken.

»Weiß nicht«, lächelt Daria. »Glaub schon.«

»Nichts zwischen Menschen ist belanglos«, sage ich. »Nicht mal das Allerunwichtigste ist komplett ohne irgendeine Bedeutung.«

»Nee«, meint Muriel, was so klingt, als stimme sie mir zu. »Ich muss übrigens noch mal kurz nach oben. Bis gleich.«

»Wo läuft die bloß immer hin?«, fragt Lennard in die Runde und gibt sich selbst die Antwort: »Sicher will sie nur schnell all die Überwachungskameras einschalten, die hier im Haus versteckt sind.«

Ja, wer weiß. Es würde zu diesem Haus passen.

»Ha, wie lustig«, macht Daria.

»Apropos Kamera«, sage ich, um das Thema wieder auf den eigentlichen Anlass unseres Zusammenseins zu lenken. »Wenn ich das richtig im Kopf habe, sind als Nächstes die Lehrerinterviews an der Reihe. Ein paar davon sind ein wenig … grenzwertig, für meinen Geschmack.« Ich wende mich an Lennard. »Zum Beispiel das, wo der Gusenhöfer die Texte von *Haftbefehl* literaturwissenschaftlich einordnen soll.«

»Das ist doch voll witzig«, widerspricht Lennard. »Wo Juan ihn fragt, ob die Zeile *weil ich deine Mutter ficke* vom Versmaß her eigentlich ein Trochäus ist. Also – ich schmeiß mich jedes Mal wieder weg, wenn ich mir das angucke.«

»Etwas kindisch vielleicht?«, meint Daria.

»Und hast du selber nicht mal gesagt, der Gusenhöfer würd auch gut in die AfD passen?«, hakt Lennard nach.

»So ähnlich vielleicht«, gebe ich zu. »Aber ich habe mich *während* der Schulzeit mit ihm angelegt. Diesen Leuten *jetzt* nachzutreten, wo sie uns nichts mehr können, hat keinen Stil.«

»Aber Hafti im Deutschunterricht, das wär doch mal 'ne Maßnahme«, beharrt Lennard. »Und dabei hasse ich Rap. Also toleranter geht's doch nicht.«

»Hä?«, macht Daria. »Meinst du, weil er Türke ist?«

»Wer?«, fragt Lennard zurück. »Gusenhöfer?«

»Kurde«, sage ich.

»Ich wollte ja nur sagen, dass ich nicht intolerant bin«, rechtfertigt sich Lennard.

Ist er nicht. Natürlich nicht. Trotzdem hakt bei mir was aus, wenn das Wort *Toleranz* fällt.

»Was heißt schon tolerant?«, frage ich und hebe ab. »Es heißt, dass man jemand anderen scheiße findet wegen seiner Hautfarbe oder seiner Sprache, seiner sexuellen Orientierung oder wegen des Geschlechts oder der Religion oder weil er oder sie behindert ist; dass man die Person scheiße findet, aber trotzdem darauf verzichtet, sie abzuschieben oder wegzusperren oder umzubringen. *Das* ist Toleranz. Es hat überhaupt nichts mit *Akzeptanz* zu tun, mit *Respekt* oder gar *Wertschätzung*.« Constantin verdreht die Augen und zieht ungerührt sein Smartphone hervor, und Daria muss all ihre Kraft darauf verwenden, nicht hinzuschauen, was er schreibt und wem. Lennard kaut mit dicken Backen und sieht mich mit leicht schräg gelegtem Kopf an, beinahe verträumt, als hätte ich nicht gerade eine Wutrede gehalten, sondern Liebesgedichte vorgetragen.

»Und von wegen Trochäus, dieses Hirngewichse«, sage ich noch. »Das ist doch Bildungschauvinismus.«

Constantin blickt auf und brummt: »Warum schreibst du dir das nicht mit Edding auf die Titten, Özge, und rennst nackt über den Marktplatz, um dagegen zu protestieren?«

»Fick dich, du Arsch«, entgegne ich.

»Coram publico?«, gibt er zurück.

Daria macht einen röchelnden Laut, als habe sie sich verschluckt. Lennard glotzt Constantin an, der sich wieder dem Smartphone zuwendet.

Ich atme durch, stehe auf und gehe in den Garten hinaus. Draußen hat ein milder Abendhauch die Hitze des Tages verdünnt und verheißt eine wunderschöne Sommernacht, die ich am Baggersee verbringen sollte und nicht hier. Ich zünde mir eine Zigarette an. Natürlich habe ich komplett überreagiert. Wie so oft. Ich habe eigentlich keinen Migrations-, sondern einen Überreaktionshintergrund. Oder -vordergrund. Ich hasse all diese Schubladen. Ob ich jetzt deutsch oder türkisch oder beides bin. Früher dachte ich immer, das ist mein Land. Ich meine – hier ist meine verdammte Heimat, hier leben alle meine Freunde, meine Eltern, Geschwister, Cousins und Cousinen … und als *wir* Weltmeister wurden, rannte ich mit der schwarz-rot-goldenen Flagge unsere Straße entlang. Aber das ist lange her. Irgendwann hat dieser Hass angefangen, kroch wie Schimmel aus den Ritzen hervor, ihr konntet ihn riechen, noch bevor ihr ihn gesehen habt. Im Netz und in den Zeitungen, auf der Straße, auf dem Schulhof, Hass. Überall Hass. Auf Geflüchtete, Gutmenschen, Gastarbeiterkinder. Seitdem fühle ich mich immer weniger als Deutsche. Ausgenommen diesen einen Morgen, an dem ich zufällig Precious über den Weg lief und ihr Geheimnis erfuhr. Mir klingt noch immer in den Ohren, wie sie zu mir, Ausländerkind, Türkenmädchen, Kanakentussi, sagte: »Für euch Deutsche sehen wir Afrikaner alle gleich aus.« Für *euch* Deutsche.

Und wisst ihr was? Sie hatte doch recht, verdammt noch mal. Ich meine – ein Teil von mir ist viel deutscher als viele *richtige* Deutsche, also *Bio-Deutsche,* was ja eigentlich so was wie *Blutsdeutsche* bedeutet, reinrassig wie Schäferhunde. Welcher Bio-Deutsche benutzt denn bitte Wörter wie *Abendhauch*? Gibt es überhaupt ein deutscheres Wort?

Ich habe es ehrlich gesagt von Muriel. Sie schreibt einen Blog mit Gedichten und benutzt manchmal ganz wundervolle Wörter – und das würde ich ihr eigentlich gern einmal sagen. Doch wie ich sie einschätze, würde ihr das viel zu nahegehen. Natürlich folge ich ihrem Blog unter einem Nickname.

Muriel

Ich habe Özge niemals erzählt, dass ich ihre Tiraden manchmal richtig inspirierend finde. Sie leidet so leidenschaftlich an der Unvollkommenheit der Welt, dass das allein schon etwas Lyrisches hat. *Nichts zwischen Menschen ist belanglos.* Wow, oder?

Nur Constantin hat natürlich nichts zu verbergen. Ha! Der Angeklagte hat sich selbst sein Urteil gesprochen. Du siehst: Ich habe mich wieder umentschieden. Ich werde es durchziehen. Ich reaktiviere den Stream, klicke auf meine Website und sehe wieder das Bild aus dem Keller. Die beiden leeren Sessel warten im gleißenden Licht der Strahler auf den Beginn der Show. Und wenn diese Nacht vorbei ist, werden alle aus der Stufe meine Website kennen, da bin ich mir sicher. Denn … oh nein! Was, wenn es sich *zu früh* herumspricht? Was, wenn es sich zu früh *bei uns* herumspricht?

Das habe ich nicht im Geringsten bedacht! Sobald irgendwer aus unserer Stufe die Ahnungslosen auf dem Bildschirm sieht, wird er doch einen von uns anrufen und nachhören, was da los ist. Es sei denn … unsere Handys wären alle aus. Oder einfach weg.

Özge

Warum kann ich nicht einfach Özge sein: Rebellin, Raucherin und Rhabarberschorle-Junkie, Gossip-Fan und Im-Chaos-ihres-Zimmers-Wohlfühlerin? Sondern Özge, die Türkin. Oder Deutsch-Türkin. Mein Opa weiß immer genau, wer oder was er ist: Türke, Arbeiter und Sozialist. Vor vierzig Jahren kam er hierher, ging in die Autofabrik und nach der Schicht mit seinen türkischen Kollegen Tee trinken, und sie gründeten einen türkischen Arbeiterverein. Er hat Frau und Kinder nachgeholt, also meine Oma, meinen Vater und all meine Tanten und Onkel, die, ohne ein Wort Deutsch zu sprechen, in die Grundschule gesteckt wurden. Mein Vater war ein fleißiges Kind und lernte, machte seinen Realschulabschluss und seine Ausbildung und kaufte uns ein Reihenhaus. Auch mein Vater weiß, wer oder was er ist: Deutsch-Türke, Angestellter und Muslim. Er geht nicht zum Arbeiterverein, sondern in die Moschee, aber das wär Privatsache, sagt er, er wär nämlich völlig unpolitisch. Dass es ja wohl total politisch ist, wenn er und seine Freunde über

Flüchtlinge hetzen, die hier »alles reingeschoben bekommen, wofür die Gastarbeiter damals noch hart arbeiten mussten«, schnallt er leider nicht.

Ich war schon beim Arbeiterverein und auch in der Moschee und weiß trotzdem noch nicht, wer oder was ich sein will. Viele in meinem Alter gehen inzwischen zurück. Wobei *zurück* natürlich Quatsch ist, denn wir alle kennen die Türkei doch nur als Urlaubsland. Aber es gibt gute Jobs dort und Deutsch-Türken sind gerade sehr begehrt. Vor allem natürlich in Wirtschaftsberufen. Leute wie ich eher weniger. Wenn *ich* in die Türkei auswandern und dort genauso die Klappe aufreißen würde wie hier, würde ich sofort im Knast landen. Aber weil ich einen deutschen Pass habe, käme mich wenigstens einer von der deutschen Botschaft besuchen.

Findet ihr das nicht auch verrückt, dass an dieser verdammten kleinen Plastikkarte so viel hängt? Könnt ihr euch vorstellen, dass für Menschen wie Precious *das ganze weitere Leben* an so einem kleinen Plastikdings hängen kann? Dass so ein Ding auf dem Schwarzmarkt achttausend Euro kostet?

»Stör ich?«

Lennard.

»Nee«, sage ich. »Quatsch.«

»Ich wollte auch bloß sagen, dass du natürlich recht hast, also mit dieser Toleranzsache. Ich mein – ich hasse Rapper echt und dass ich noch nie einen umgebracht und ihm eine Pommesgabel auf den rasierten Schädel geritzt habe, liegt nur daran, dass es verboten ist. Hat wirklich nichts mit *Akzeptanz* oder *Wertschätzung* zu tun.«

Ich muss grinsen.

»Sonst noch was?«, frag ich. Es ist freundlich gemeint und klingt auch so.

»Ja, ich wollte noch sagen, dass Leute, die so Sachen sagen wie *coram publico*, auch Bildungschauvis sind.«

»Hey«, lache ich. »Ich dachte, mir hätte vorhin niemand zugehört.«

»Ich hör dir immer zu.« Plötzlich guckt er sehr ernst. »Aber manchmal denke ich, für dich ist das ja easy mit dieser Akzeptanz-Sache. Du bist voll beliebt, voll jung, voll schön, da kannst du leicht von so was reden. Bei den Leuten hier zum Beispiel.« Er zeigt mit dem Daumen über seine Schulter auf die Terrassentür hinter sich, in der jetzt Constantin auftaucht. Drinnen räumt Daria brav die Küche auf. »Komm mal in meinen Block, erklär das mal den ganzen Azzlacks, die da rumhängen. Erklär mal so 'ner Hauptschultussi was von Feminismus.«

»Du findest mich schön?«, frage ich ohne nachzudenken und wundere mich selbst, wie scheu ich dabei klinge.

Aber er wird bloß rot und wendet sich ab. Ich möchte trotzdem noch etwas dazu sagen, doch da löst sich Constantin von der Türschwelle und kommt zu uns.

»Sorry«, sagt er. Absurderweise klingt es ehrlich. Wie macht er das bloß? »War ein saublöder Spruch von mir.«

»Gut erkannt«, sage ich.

»Kann ich 'ne Kippe von dir schnorren?«

»Als Wiedergutmachung oder wie? Deine Logik ist komplett im Arsch.«

»Ja, leider. Hätt aber echt Bock auf 'ne Zigarette. Bin quasi gerad abhängig von dir. Gefällt dir das?«

»Nee. Aber du weißt, dass mich im Gegensatz zu dir das

Geben mehr befriedigt als das Nehmen.« Ich halte ihm meine Packung *American Spirit* hin.

»Ich dachte, du rauchst nur auf Partys«, wirft Lennard ein.

»Ich dachte, das *wär* hier 'ne Party«, brummt Constantin.

Ich gebe ihm Feuer.

»Kann ja noch eine werden«, meint Lennard. »Die Hausbar unten ist gut gefüllt.«

Er hat wieder seine normale Gesichtsfarbe angenommen. Vielleicht hat er gar nicht gemerkt, wie sehr ich mich über sein Kompliment freue. Ich würde ihm das gerne sagen, aber gerade geht das natürlich nicht.

»Würde uns sicher alle was lockerer machen, der Whisky«, findet Constantin. »Müssten wir uns nicht so Sorgen machen um die empfindlichen Seelen von unseren Lehrern.«

»Was für ein verdammtes Problem hast du mit den Lehrern?«, frage ich ihn. »Gerade dich haben sie doch immer irgendwie durchkommen lassen.«

»Vielleicht genau deswegen. Warum wird einer, der Physik studiert, nicht Kernforscher oder geht das Higgs-Teilchen suchen, sondern wird Physiklehrer? Wie ehrgeizlos kann man sein?«

Und wie *ehrgeizig* kann man sein?, überlege ich. Oder wie feige kann frau sein. Der Wurm regt sich in mir, der Wurm aus dem Gespräch mit Lennard vorhin im Keller. Weit über ein halbes Jahr ist seit den Ereignissen von Rerik vergangen, aber ich habe Constantin nie darauf angesprochen. Zum Beispiel jetzt, hier in diesem Augenblick könnte ich ihn doch zur Rede stellen. Könnte sagen: Hey, Constantin, schau mir genau in die Augen und sage mir, ob Precious' Verschwinden auch nur im Entferntesten mit dir zu tun hat, wie Muriel behauptet. Aber ich hab eben Angst davor, dass die Antwort *Ja* lautet. Weil das dann auch mich belasten würde. Also schweigen wir von Precious und sprechen lieber über so unverfängliche Dinge wie unsere Lehrer. Und ich ziehe an meiner Zigarette und schaue nach drinnen, wo seine Freundin, die demnächst ein Lehramtsstudium aufnehmen wird, gewissenhaft mit einem feuchten Tuch über den großen Tisch wischt.

Daria

Das ist mal wieder typisch von dir, Daria. Während die anderen irgendwo rumhängen, musst du hinter ihnen herwischen. Denkst du, dass das von dir erwartet wird? Du weißt es ja selbst nicht. Es ist genau wie in der Gemeinde. Immer finden sich irgendwelche Frauen, die sich verpflichtet fühlen. Ohne sie gäbe es gar keine Kirche. Dann gäbe es keine Gemeindefeste mehr und keinen gewischten Altarraum, keinen Singkreis, keine Krabbelgruppe, gar nichts, nur noch Priester, die dumm aus der ungewaschenen Wäsche schauen. Con ist auf seine Art auch ein Priester. Natürlich ist er weder religiös noch hat er sich je für die Kirche interessiert. Aber er verhält sich auf dieselbe Art wie ein Priester: Er fühlt sich berufen, seinen Weg zu gehen, und vertraut darauf, dass kein Hindernis ihn aufhalten kann. Er glaubt an die Macht seiner

Aura, als wäre das eine heilige Weihe; er glaubt an die Wirkung seiner Worte und Taten. Jetzt raucht er schon wieder, obwohl er das doch lassen wollte …

Ja, so kleingeistig bist du, Daria. Du hasst das Lügen und schaust dabei nur auf die kleinen Dinge. Übersiehst du nicht die großen Lügen deines Lebens? Ist dieser Junge da draußen nicht *deine* Lüge? Du versuchst wirklich alles, um irgendetwas für ihn zu empfinden. Er gilt doch als der Allertollste von allen. Mit wem soll es klappen, wenn nicht mit ihm? Und wann soll es klappen, wenn nicht diese Nacht? Wenn du nachher mit zu ihm gehst, sobald die Arbeit an diesem Film beendet ist. Wie lange kann / soll / muss man als Paar zusammen sein, bevor man zum ersten Mal miteinander schläft?

Ehrlicher wäre, ihm zu sagen, dass ich niemals so weit sein werde. Ehrlicher wäre, ihn endlich einmal zu fragen, wo er damals die ganze Nacht über gewesen ist. In Rerik, in der Nacht, in der Precious verschwand. Aber das wäre zu viel Ehrlichkeit auf einmal. Denn wenn wir über Precious reden würden, müssten wir auch über *uns* reden, ihn und mich. Und über Muriel. Muriel und mich. Das schaffe ich nicht. Noch nicht jedenfalls. Özge schaut herein. Immer lächeln, Daria.

Muriel

Ich finde eine blitzblank aufgeräumte Küche vor und Daria, die den Tisch wischt.

»Wir haben bereits eine Putzfrau«, sage ich und nehme ihr den Spüllappen aus der Hand.

Ganz kurz berühren sich unsere Fingerspitzen und in ihrem Blick liegt die Frage, ob ich manchmal noch daran denke.

Die Wahrheit ist: Ich denke andauernd daran. Genauso, wie ich andauernd an Precious denken muss. An den vom Salzwasser durchtränkten Parka in der Brandung unter dem kalten Morgenlicht. Auf den ersten Blick haben Darias Finger und Precious' Jacke nichts miteinander zu tun. Aber auf den zweiten: alles.

Ich trete auf die Terrasse hinaus.

»Wie sieht's aus, Leute? Kann's weitergehen?«

Die drei trotten zurück ins Haus.

Constantin scheint inzwischen wieder zu sich gekommen zu sein.

»Wo genau waren wir eigentlich stehen geblieben?«, fragt er.

»Lehrerinterviews«, sagen Lennard und Özge im Chor. Ein schöner Zweiklang in Dur.

»Und was kommt dann noch?«, fragt Constantin.

»Einiges«, sage ich in Moll. »Vor allem möchte ich, dass wir genug Zeit haben, um etwas Würdevolles für Precious zu gestalten.«

»Für Precious?«

Constantin ist mitten auf der Treppe stehen geblieben und sieht mich misstrauisch an.

»Wir drei hatten vorhin schon mal überlegt«, sagt Lenny zu ihm und Daria, »dass wir vielleicht eine Art Nachruf auf Precious machen müssen. Also … *sollten.* Beziehungsweise *wollen,* meine ich.«

»Nachruf«, wiederholt Constantin und schaut dabei nicht Lenny an, sondern weiterhin mich. »Macht man für Tote. Weiß ja keiner, ob Precious tot ist.«

»Oh doch!«, rufe ich.

Niemand sagt etwas dazu. Alle stehen wie eingefroren auf der Treppe, als hätten sie Angst, dass jedes weitere Wort eine Explosion auslösen würde. Wie vorhin beim Abendessen. Sehr gut. Genau diese Gemengelage brauchen wir, damit all das Verdrängte wieder hochkocht, bis Constantin sein Schweigen bricht. Aber nicht hier auf der Treppe.

Ich lasse noch für zwei, drei Sekunden die Luft knistern, dann gehe ich einfach weiter.

Die anderen atmen auf. Sie halten mich wirklich für eine Irre, glaube ich. Für gefährlich womöglich. Wir betreten wieder den Kinoraum und Özge sagt versöhnlich: »Mir ist es auch wichtig, dass wir was für Precious machen. Wir müssen es ja nicht unbedingt einen Nachruf nennen. Schließlich gilt sie offiziell als vermisst. Das wäre dann sonst, als würden wir ihr ein Grab schaufeln.«

»Eben darum«, sage ich. »Dann *hätte* sie wenigstens ein Grab, wenn auch nur ein virtuelles. Dann wäre sie nicht von aller Welt vergessen, als hätte sie niemals gelebt.« Bei der letzten Silbe hat meine Stimme gezittert. Hoffentlich versagen mir nicht die Nerven, bevor es zum Showdown kommt.

»Sie ist nicht vergessen«, sagt Daria zu meiner Überraschung. »Sie ist nicht vergessen und wir sorgen dafür, dass das so bleibt. Wir müssen gar keinen Namen dafür finden. Es braucht nur eine Geste. Ein Zeichen, dass wir an sie denken. Dass sie zu uns gehört hat und eigentlich bei der Abschlussfeier nächste Woche mit uns auf der Bühne stehen sollte.«

Wow, Daria hat ein echtes Statement abgegeben. Es wirkt wie ein Machtwort. Sogar Constantin wird für einen Augenblick ernst.

»Na gut«, sagt er. »Aber wie? Irgendeine Idee, irgendjemand? Du, Muriel? Du hast doch meistens mit ihr rumgehangen.«

»Habe ich nicht«, sage ich bitter. »Niemand hat mit Precious rumgehangen. Sie hat ja niemanden wirklich an sich herangelassen. Oder?«

Das kleine Fragewort soll ihn natürlich provozieren, doch er überhört es. An seiner Stelle zuckt Daria kurz zusammen, bevor sie sagt: »Lasst uns das nachher machen, wenn wir diese unseligen Lehrerinterviews hinter uns haben. Seid ihr euch darüber einig geworden?«

Die Frage geht an ihren Freund und an Özge. Ich hatte fast schon vergessen, dass dieser Zwist der Auslöser für die Pizzapause gewesen ist.

Anstelle der beiden sagt Lenny: »Nicht direkt. Aber ich will nicht drauf bestehen, dass wir jetzt alles reinnehmen müssen, was Juan und ich gefilmt haben.«

»Dann müsste ich natürlich noch was an den Moderationstexten ändern«, wendet Daria ein und nimmt ihre Textblätter vom Tisch.

»Mir ist es gleich«, winkt Özge ab und lässt sich in einen

der Sessel fallen. »Wenn Lehrer eh Versager sind, wie mein reizender Co-Moderator findet, brauchen wir da keine Rücksicht zu nehmen.«

»Wieso Versager?«, wundert sich Daria.

»Außer dir natürlich, Süße.« Constantin versucht, sie zu küssen.

»Cool bleiben, Leute«, warnt Lenny, »sonst müssen wir gleich schon wieder Pause machen, damit ihr« – er malt mit vier Fingern Gänsefüßchen in die Luft – »*die Texte durchsprechen* könnt.«

So schnell ist Precious vertagt. Als sei das Thema ein hoch ansteckender Erreger. Aber es wird zurückkommen. Sie haben sich selbst dazu verpflichtet.

»Ich spreche eh viel lieber frei«, sagt Özge und steht wieder auf. Alle anderen stehen auch.

»Und wozu habe ich dann die Texte geschrieben?« Hilfloses Lächeln von Daria.

»Das frage ich mich schon die ganze Zeit«, sagt Özge. »Wahrscheinlich, damit Super-Conni sich an was festhalten kann.«

»Super-Conni kann die Scheiße hier auch alleine durchziehen«, entgegnet er. »Dich brauchen wir gar nicht.«

»Wir wollten doch ein einheitliches Skript, das zu Lennards Vorauswahl passt«, sagt Daria.

Lenny meldet sich: »Ein Vorschlag zur Güte …«

»Schieb dir deine Güte in den Arsch! Wir brauchen keine Güte, sondern Ergebnisse!«

»Wir brauchen vor allem keine BWL-Wichser-Phrasen!«

»Was *du* brauchst, sag ich lieber nicht!«

»Ich brauche hier Struktur.«

»Ich brauche noch einen Whisky.«

Und so weiter.

Eine gute Show, alle schreien durcheinander. Außer mir, ich bewundere das Schauspiel, mir fehlt bloß etwas Popcorn dazu. Da hält Constantin plötzlich inne, geht zwei Schritte auf die Kamera (die offizielle) zu und vergewissert sich, dass der rote Punkt noch nicht wieder blinkt.

»Warum so kamerascheu?«, frage ich mit unschuldiger Miene. »Ist doch alles so belanglos hier.«

»So was von«, brummt er.

Und bevor ich es verhindern kann, ist schon wieder Pause. Daria schlägt vor, gemeinsam mit Özge die Lehrerinterviews neu zu ordnen. Natürlich sind es mal wieder die Frauen, die sich darum kümmern, dass eine Sache läuft. Von wegen Feminismus! Den Jungs ist es egal, sie nicken und verpissen sich. Im Rausgehen stupst Lennard Constantin an. »Hast du schon den Air-Hockey-Tisch nebenan gesehen? Bock, was zu zocken?«

»Du hast nicht den Hauch einer Chance gegen mich«, brummt Constantin. »Wie bei allem.«

»Na ja«, meint Lennard und fährt sich kurz mit der Hand über sein rechtes Auge, als hätte Constantin ihm eine runtergehauen.

Ich folge den beiden.

Daria

Dass Precious niemanden an sich herangelassen hat, stimmt nicht so ganz.

Ich hatte sie einmal eingeladen. Zu einem Gesprächsabend. In unserer Kirchengemeinde. Sie war ja Christin. Ich dachte, es würde ihr guttun.

Gott, Daria! Wie unbedarft von dir!

Wir saßen im Stuhlkreis und tranken Tee und die Leute starrten Precious an, als hätte ich ein exotisches Tier mitgebracht. Ihre Eltern, Großeltern und Geschwister seien ja nun allesamt Märtyrer, meinte einer. Gestorben, weil sie Christen waren. Für den Glauben gewissermaßen.

»Für nichts sind sie gestorben«, antwortete Precious leise.

»Mich würde interessieren«, sagte Anneke von der Jugendleitung, »wie du das Leben in Deutschland empfindest.« Sie wollte wohl noch irgendwie die Situation retten. »Hast du schon neue Freunde gefunden?«

Doch der alte Bröhler fuhr dazwischen: »Ja genau, Precious, erzählen Sie uns, wie Sie unser Land sehen. Bestimmt sind Sie schockiert, dass hier alles voller Moslems ist. Und die werden jeden Tag mehr. Kriegen Sie da nicht Angst? Oder Hass?«

Da nahm ich einfach Precious' Hand und zog sie nach draußen.

So standen wir auf der Straße und ich war wie verstockt, wollte mich unbedingt entschuldigen, doch plötzlich kamen mir die Tränen. Precious aber sah mich fasziniert an, als hätte sie noch niemals einen anderen Menschen weinen gesehen. Sie machte einen Schritt auf mich zu und streckte vorsichtig eine Hand nach meinem Gesicht aus, berührte mit dem Finger kaum merklich meine Wange und nahm eine Träne fort. Und dann schloss sie mich in die Arme und hielt mich fest.

Sie wollte *mich* trösten. Gott, wie paradox. Warum nur hast du sie überhaupt dorthin geschleppt, Daria? Du hattest diese Idee von Heimat. Denn die Kirche ist doch überall auf der Welt, ob in Deutschland oder Nigeria, und du hattest dir eingebildet, dass Precious dadurch ein winziges bisschen wie nach Hause kommen könnte.

Aber warum hat sie dich überhaupt begleitet? Die Unnahbare, die mit niemandem befreundet sein wollte. Was ich sogar verstehen konnte. Auch in der Schule gab es die einen, die nur mit Mühe ihren Rassismus verbergen konnten. Und die anderen, die Precious mit klebriger Anteilnahme übergossen.

Nein, Daria, das ist jetzt ungerecht von dir. Aber wer weiß? Vielleicht war Precious ja wirklich deshalb ausgerechnet mit mir gegangen – weil ich nichts dergleichen ausstrahle.

Aus demselben Grund hab ich mich ja anfangs auch gewundert, dass ausgerechnet Con mit mir zusammen sein will. Als ich ihn das gefragt habe, hat er gesagt: »Es gibt keinen Menschen, der so sanft ist wie du.«

Selig sind die Sanftmütigen. Vielleicht war es das, was Precious damals gebraucht hat. Sanftmut. Unsere Umarmung löste sich. Sie schob die Hände in die Jackentaschen und sah mich unschlüssig an.

»Darf ich dich nach Hause begleiten?«, fragte ich spontan.

Nach Hause. Was für ein blödes Wort. Sie nickte bloß.

Das Wohnheim ist im selben Stadtteil wie unsere Kirche. Ein unauffälliger Bau, ich war schon tausendmal daran vorbeigegangen und hatte nie überlegt, was wohl darin untergebracht ist. Ich suchte nach einem freundlichen Abschiedssatz.

Da fragte Precious: »Willst du mein Zimmer sehen?«

»Oh … klar, gerne.«

Sie besaß keinen Hausschlüssel, sondern musste klingeln. Eine Frau mit schlohweißem Dutt öffnete.

»Ah, Sie haben Besuch, Precious?«, sagte sie. »Wie schön.« Und an mich gewandt: »Haben Sie einen Ausweis dabei?«

Ich ließ die Handtasche von der Schulter gleiten, holte mein Portemonnaie heraus und zog meinen Personalausweis hervor.

»Darf ich?« Die Frau mit dem Dutt nahm ihn mir aus der Hand und verschwand damit durch eine Tür mit der Aufschrift *Büro*.

Wir hörten das Geräusch eines Kopierers. Dann kam sie zurück, legte das Ding in meine Hand und sagte: »Besuchszeit bis zweiundzwanzig Uhr, okay?«

Ich nickte und sah Precious an, deren Blick an meinem Ausweis haftete. Ich steckte ihn weg, dann folgte ich ihr eine Treppe hinauf in den ersten Stock und durch einen langen hellen Flur. Das Zimmer schien frisch renoviert, die Wände leuchteten lindgrün, die Vorhänge hatten ein samtiges Bordeauxrot, in derselben Farbe waren die Fußleisten lackiert, auch die Schreibtischplatte und die Tür zum Badezimmer. Es war perfekt designt, aber es hingen keine Bilder an den Wänden, kein Nippes war auf der Fensterbank aufgereiht, keine Fotos standen auf dem Schreibtisch, keine Plüschtiere lagen auf dem Bett. Das Einzige, das nicht dort reinpasste, war ein unglaublich hässlicher Plastiktotenkopf auf dem Nachttisch. Auf den zweiten Blick erkannte ich, dass er wohl als Wecker diente. Ein kleines Display auf der Stirn des nackten Schädels zeigte die Uhrzeit.

Sie stand einfach da und sagte nichts. Bot mir weder einen Sitzplatz an noch etwas zu trinken oder was Gastgeber eben so tun. Sie war hier vermutlich selbst genauso zu Gast wie ich auch. Ich setzte mich aufs Bett, und um nicht einfach gar nichts zu sagen, fragte ich: »Wozu müssen die meinen Ausweis kopieren?«

»Sie machen das immer, glaube ich.« Precious zuckte mit den Schultern und murmelte: »Ich weiß nicht, wieso. Ich hatte noch nie Besuch.« Dann schob sie noch zwei Stufen leiser hinterher: »Wenigstens *hast* du einen Ausweis.«

»Du nicht?«, fragte ich.

»Ich habe eine BÜMA.«

»Was ist das?«

Sie öffnete eine Schreibtischschublade und zog ein verknittertes Blatt Papier hervor, ein ausgefülltes Formular, auf dem das Logo der Stadtverwaltung und ein schlechtes Foto von Precious prangten. *Bescheinigung über die Meldung als Asylsuchender.* Als erstes Feld, noch vor den Angaben wie Name und Geburtsort, war folgender Satz angekreuzt: *Die Angaben zur Person beruhen auf den eigenen Angaben der Inhaberin / des Inhabers.*

»Du hättest dir also theoretisch einen völlig anderen Namen ausdenken können«, sagte ich ganz unbedarft. »Ein anderes Alter, eine andere Herkunft.«

»Sie erwarten, dass du lügst«, erwiderte sie schlicht. »Alle erwarten das. Du musst die Wörter sagen, die zum Gesetz passen. Zum Beispiel, dass du mit dem Schiff angekommen bist.«

»Wie bitte ... mit dem Schiff? Was für ein Schiff? Es sind mindestens vier Stunden mit dem Auto bis zu irgendeinem Meer.«

Precious zuckte mit den Achseln.

»Wenn du zum Beispiel sagst, dass du mit dem Zug gekommen bist, aus Italien oder woher, dann kann es passieren, dass sie dich dorthin zurückschicken. Manche sagen, dass es nicht stimmt, also dass man nicht zurückgeschickt wird, wenn man noch nicht erwachsen ist, andere sagen, es stimmt doch ... jeder sagt etwas anderes.« Sie griff sich an den Kopf. »Und alles ändert sich ständig. Die Gesetze, die Vorschriften. Wer soll das verstehen?«

»Niemand«, sagte ich aus vollem Herzen. »Bestimmt noch nicht mal die Politiker, die sich all die Gesetze ausdenken.«

»Ich habe am Anfang gar nichts verstanden. Aufenthaltsstatus, Wohnheim, Bezugsbetreuer. Gute Worte, um mit dem Deutschlernen anzufangen. Oder das Wort *Schichtwechsel*. Du hast einen Erwachsenen getroffen, den du nett findest; du glaubst, du kannst ihm vertrauen, plötzlich ist er weg und ein neuer ist da. Schichtwechsel. Manche Refugees in der Schutzstelle haben einfach mit niemandem gesprochen. Sie haben eine Nacht und einen ganzen Tag lang geschlafen, und dann sind sie in der nächsten Nacht weitergezogen. Ich wollte das auch, aber ich hatte nicht die Kraft dazu. Verstehst du? Ich habe zum ersten Mal seit Monaten in einem richtigen Bett geschlafen. Ich habe Frühstück, Mittagessen und Abendessen bekommen.«

Es gab tausend Sachen, die ich sie gern noch fragen wollte. Über ihre Flucht, über ihr Leben davor. Aber ich traute mich nicht. Nicht bloß, weil ich Angst hatte, ihre Wunden aufzureißen. Mich hatte ein unangenehmes Misstrauen befallen. Ob sie auch mich anlügen würde? Nichts widert mich mehr an als Lügen. Aber hätte ich nicht an ihrer Stelle dasselbe getan? Mein Blick blieb wieder an dem verknitterten Formblatt hängen.

Ich deutete darauf und fragte: »Kannst du denn damit verreisen?«

»Warum willst du das wissen?«

Ihre Stimme klang plötzlich sehr scharf. Von allen denkbaren Fettnäpfchen hatte ich anscheinend das größte erwischt.

»Na ja … wegen der Studienfahrt«, sagte ich wie als Entschuldigung. »Morgen gibt es eine Stufenversammlung. Wir sollen gemeinsam ein Ziel für die Fahrt im Herbst aussuchen.« Sie sah mich bloß an. Also redete ich einfach weiter: »Es muss ein Ziel sein, das irgendwie zum Unterricht passt. Manche haben Florenz vorgeschlagen – das passt für Italienisch und Kunst und sogar Mathe … wegen Galileo Galilei oder so, keine Ahnung.« Gott, Daria, immer wenn du unsicher bist, plapperst du einfach drauflos, ohne Sinn und Verstand.

»Jetzt verstehe ich deine Frage«, nickte sie und ihre Gesichtszüge entspannten sich. »Nun … nein. Ich darf nicht aus dem Land heraus«, sagte Precious. »Sogar, wenn ich in eine andere Stadt fahren will, muss ich auf dem Amt nach einer Genehmigung fragen.«

»Aber das ist ungerecht!«, schimpfte ich und sprang auf. »Gibt es da keine Ausnahme? Nicht mal für die Schule?«

»Nein«, sagte sie. »Ich kenne das von den anderen Refugees. Es geht nicht.«

»Dann fahren wir halt nicht ins Ausland«, sagte ich entschlossen. »Fahren wir halt nach ... irgendwo in Deutschland, zum Beispiel ...«

Aus einem Stapel von Heften und Collegeblocks auf ihrem Schreibtisch ragte ein kleines schwarzes, abgegriffenes Büchlein heraus. Die Ränder des Umschlages waren verknittert und die herausschauende Ecke gelblich und umgeknickt. Sie hatte es entweder gebraucht gekauft oder schon hundertmal gelesen. *Sansibar oder der letzte Grund*, letztens hatten wir dazu eine Klausur geschrieben. Ich zog es aus dem Stapel und blätterte es auf.

»Rerik«, sagte ich. »Ostsee. Warum nicht?«

Plötzlich leuchteten ihre Augen. Nur ganz kurz, aber das genügte mir.

»Wir fahren an die Ostsee«, verkündete ich, als hinge die Entscheidung ganz allein an mir.

Schon war das Leuchten wieder verschwunden und Precious sagte leise: »Deine Freunde werden deine Idee nicht mögen.«

»Abwarten.«

So stand ich da. Und wusste plötzlich nicht mehr weiter. Ich hätte irgendetwas anderes sagen oder einfach fragen können, ob wir uns nicht im Aufenthaltsraum einen Tee machen wollten. Aber es schien, als sei alles gesagt.

»Ich glaube, ich muss dann mal los.«

Precious nickte und erhob sich.

Von der Frau mit dem Dutt war diesmal nichts zu sehen, als wir die Treppe herunterkamen.

»Danke«, sagte ich. »Das war schön, also dass ich dich besuchen durfte, dass wir … na, also ich fand es schön.«

»Ja«, sagte sie und hielt mir die Tür auf. Ich umarmte sie noch einmal. Da ließ sie die Tür zufallen und drückte mich an sich, und da war es schon passiert! Ganz unvermittelt waren unsere Lippen aufeinandergetroffen. Nur ganz kurz, ich erschrak richtig über mich und sie wohl auch über sich, und dann war es schon wieder vorbei.

Am folgenden Tag fehlte sie in der Schule. Wir haben nie wieder darüber gesprochen, aber die Erinnerung an den Kuss wühlte mich lange auf. Er war der … nein, *ein* Grund, warum ich mich auf Con eingelassen habe. Er war ein Grund, warum ich anfing, das Lügen nicht mehr so schlimm zu finden. Vor allem war es der Grund, warum die stille freundliche Daria, die sich sonst nie in Debatten einmischt, den Zorn der halben Jahrgangsstufe auf sich zog. Wir saßen in der Schulaula und diskutierten über Florenz. Und ich erklärte vor aller Ohren, dass Precious nicht ins Ausland dürfe. Sicher hatte sie sich deshalb krankgemeldet. Nicht wegen unseres Kusses, sondern weil sie nicht bei dieser Diskussion dabei sein wollte. Tja, das sei ja wirklich sehr schade, meinten die anderen, ach je, wie doof, aber was sollte man schon machen.

Nach Rerik fahren, sagte ich bloß, an die Ostsee. Mecklenburg-Vorpommern statt Toskana. Und als sich der erste Tumult gelegt hatte, sprach ich ganz leise weiter. Über Solidarität und Zusammenhalt und das Leitbild der Schule, das doch nicht nur eine hohle Phrase sein durfte. Ich bin es nicht gewohnt, dass mir Leute zuhören. Wenn ich rede, schalten normalerweise alle ab. Egal, ob ich in der Kirche eine Fürbitte vortrage oder irgendwas im Unterricht sage. Nicht mal meine Lehrer haben mir in all den Jahren richtig zugehört, glaube ich, sie haben bloß genickt und mir eine Zwei gegeben. Doch in jenem Moment sah ich betretene Gesichter um mich herum. Auch unterdrückte Wut, aber niemand traute sich zu widersprechen. Hätte es eine geheime Abstimmung auf verdeckten Zetteln gegeben, wären wir ganz sicher nach Florenz gefahren. Aber nicht einmal das verlangte irgendjemand. Und so wurde es beschlossen. Zwar hatten wir gelernt, dass der Ort in dem Buch ein fiktives Rerik ist, der mit dem echten Ostseebad nicht viel zu tun hat. Aber das war dann auch egal. Erst später, als ich den Roman zur Vorbereitung auf die Fahrt noch einmal zur Hand nahm, stach mir die seltsame Parallele ins Auge: dass es in der Geschichte um eine Flucht nach Schweden ging. Precious' Sehnsuchtsort. Ich schwöre, das war keine Absicht von mir. Selig sind die Sanftmütigen.

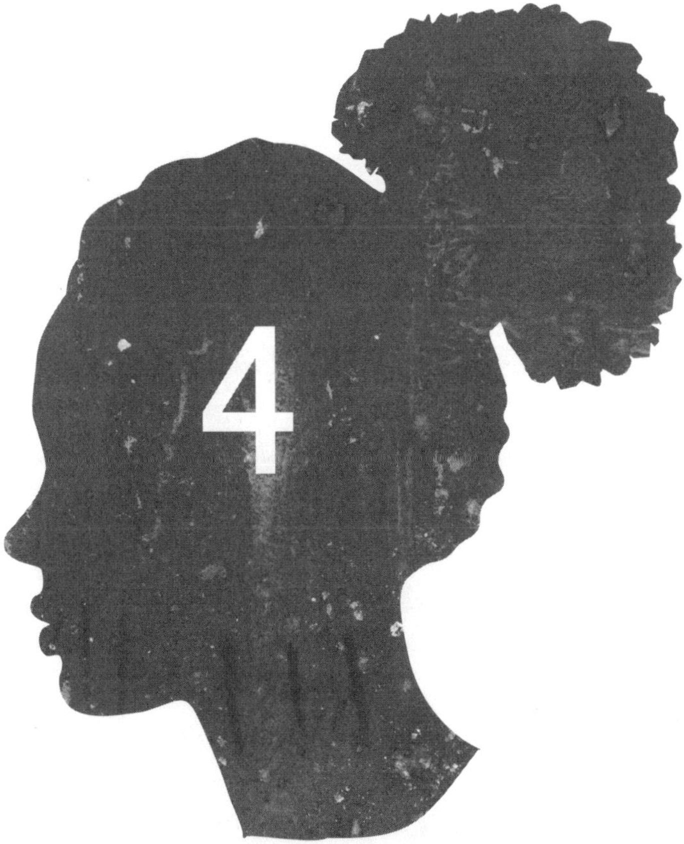
4

Constantin

Zong!
Zwei null für den Dicken.
Zieht mich hier ab.
Kleines Problem mit der Hand-Augen-Koordination bei mir.
Wird schon wieder. Haben ein bisschen übertrieben gestern, Nessa und ich.
Musste ich wenigstens nicht über die Zukunft nachdenken, solange ich drauf war.
Dabei bin ich mit dem Zeug super gefahren.
Fast bis zum Schluss.
Hoher Einsatz, volles Risiko.
Gehört eben dazu.
Mein erster Dealer war Cornelius. Mein kleiner Bruder. Hab ihn mit *Star Wars*-Sammelkarten vom Kiosk bezahlt – ein Päckchen Karten gegen zehn Gramm Ritalin. Konnte ja früher keine zehn Minuten still sitzen, der Kleine. Interessierte sich für alles Mögliche, tat einfach immer sofort, was ihm gerade in den Kopf kam. Hab ihn oft darum beneidet. Echt jetzt. Fanden aber meine Eltern nicht so cool. Meine Mutter war dauernd mit den Nerven am Ende, motzte rum. Abends kam mein Vater heim, motzte meine Mutter an. Wär alles ihre Schuld, meinte er. Sollte sich mehr um Cor-

nelius kümmern, meinte er. Irgendwann ist sie mit dem Kleinen zum Psychiater. Gab ihm Pillen. Verwandelte ihn in einen Zombie. Cornelius saß nur noch rum, kein Hunger mehr, kein Bock auf gar nichts. Wurde aber in der Schule besser. Ich dachte trotzdem bei mir, man sollte die Dosis reduzieren. Meine Mutter war froh, dass ich sie unterstützte. Meinte sie. Weil sie ja immer kontrollieren musste, dass Cornelius seine Pillen schluckte. War richtig dankbar, dass ich ihr die Aufgabe manchmal abnahm. Dass der Kleine die Pillen dann unter *meiner* Aufsicht nahm. Klassische Win-win-Situation, was? Er wurde weniger apathisch und ich zur effizientesten Lernmaschine der ganzen Oberstufe. Nicht, dass ich mich groß auf irgendwelche Klausuren vorbereitete.

Warf morgens zwei Teile ein und war für die nächsten Stunden absolut fokussiert.

Ich *schrieb* nicht einfach eine Mathe-Klausur, ich *war* die Mathe-Klausur.

Aber erst mit Crystal ging die Post richtig ab.

Die Jungs haben mich drauf gebracht, Laurenz und die anderen. Haben mir zum Achtzehnten eine Tour nach Prag spendiert. Offiziell wegen Kultur und so, aber eigentlich wegen Stoff und Nutten. Hab mich ja anfangs erst gewundert, warum die Gang der Superreichen mich einfach so aufnahm. Hab aber inzwischen eine Theorie dafür entwickelt: Laurenz, Pascal und Korbinian waren immer so was wie Außenseiter von oben. Millionärskind zu sein ist ähnlich beschissen, wie Hartz-IV-Kind zu sein: Beides stigmatisiert dich. Arme Kinder gehen nicht zum Kindergeburtstag, weil sie sich kein Geschenk leisten können, und zu reichen Kindern geht niemand hin – na ja, aus demselben Grund halt. Leben irgendwie auf einem ganz anderen Planeten, diese Superreichen. Nur ich ging hin. Zu den reichen Kids. Obwohl mein Vater kein Topmanager ist und obwohl ich während der Ferien im Jeansladen jobbe, anstatt durch die Staaten zu tingeln, von einem Abercrombie-Outlet zum nächsten. Hab dann irgendwann begriffen, dass die Freundschaft der reichen Jungs eine Art Vorschuss auf meine goldene Zukunft ist. Haben mich bewundert, weil ich so knallhart bin, wie ihre Väter. So hart, wie Laurenz und die Jungs selber nie werden können. Geht einfach nicht. Sind schon viel zu satt dafür. Verstehst du? Wenn du zum Abi 'ne Karre vors Haus gestellt kriegst, welche Ziele hast du noch? Mein Alter verdient nicht schlecht, würde ich sagen. Aber halt auch nicht so richtig viel. Ist für *Purchaising* zuständig, nannte man früher *Einkaufsabteilung*. Also stellvertretender Einkaufsleiter, hat schon für sechs verschiedene Firmen gearbeitet, obwohl er seit dreißig Jahren immer an haargenau demselben Schreibtisch sitzt. Denn seine erste Firma wurde verkauft an eine andere, die fusionierte mit einer dritten und so weiter. Jedes Mal muss mein Alter dann Leute rauswerfen und Kosten sparen, damit die Firma für den nächsten Investor wieder sexy ist. Bis er sich irgendwann nur noch selber einsparen kann. Alles, was er noch vom Leben erwartet, ist, dass er vorher in Rente geht. Ja, der Mann hat noch Träume. Die Väter der reichen Jungs sind vollkommen andere Typen. Nicht zu fassen, wie krass obszön reiche, erfolgreiche Männer sein können. Fliegen für ihre Firmen um die Welt, unterschreiben Verträge, ohne sie zu lesen, um sich anschließend mit ihren Geschäftspartnern durch die teuersten Puffs zu ficken. Deshalb wird

es auch nie was werden mit Frauenquoten und so. Hat nichts mit Leistung zu tun; kannst halt schlecht deine Kollegin mit in den Puff nehmen, hm? Manche denken, das hätte sich durch die Finanzkrisen und den Scheiß geändert. Ich glaube – ja, geändert schon, aber andersrum: Ist eben alles noch viel krasser geworden. Haben inzwischen ja alle begriffen, dass es nicht ewig so weitergeht, sondern dass der ganze Scheißkapitalismus uns früher oder später um die Ohren fliegt; aber die Antwort ist nicht, einen Gang zurückzuschalten.
Nee, jetzt ist Last Order.
Jetzt wird aus dem System noch mal alles rausgeholt.
Jetzt gibt es keine Gnade mehr.
Mal ehrlich jetzt, das ist doch nur geil, oder? Geht mir gar nicht primär um die ganze Kohle. Ist mir auch egal, wenn du mir das eh nicht glaubst. Mir geht's ums Spielen auf höchstem Niveau. Darum, Ziele zu erreichen.
Das weiß auch Laurenz.
Deshalb hat er dafür gesorgt, dass sein Alter mir einen Job klarmacht.
Weil ich seine Prüfung bestanden hab.
Zeig mir mal, wie bosshaft du wirklich drauf bist, hat er damals gesagt.
Hab's ihm gezeigt.
So was von.
Und mir ist egal, was alle darüber denken würden, wenn sie es wüssten, aber sie werden es eh nicht erfahren, jedenfalls nicht von mir. Und Lenny hält die Fresse.
Hab eigentlich, was die Schulzeit betrifft, bloß noch ein einziges Ziel offen.
Die heilige Jungfrau Daria flachzulegen.

Warum?
Das fragst du mich allen Ernstes?
Warum?
Na – weil ich es halt *kann*.
Ich und keiner sonst.
Zong!

Muriel

Lenny führt mit fünf zu eins. Sollte er, Lenny, vorhin also absichtlich schlecht gespielt haben, um mich gewinnen zu lassen, müsste ich ernsthaft sauer werden. Doch anderes ist wichtiger. Deshalb bin ich eine galante Gastgeberin und schenke Constantin noch etwas Whisky nach. Der nippt gedankenverloren am Glas, unterbricht sein Spiel und nestelt schon wieder sein Smartphone aus der Tasche seiner knallengen Jeans. Unvermittelt stelle ich mir vor, wie einer seiner Buddys auf WhatsApp schreibt: Hey, Con, wieso bist du live im Netz? Was ist das für 'ne Show? Oder prankt dich da einer?

Er blickt nicht auf. Was immer er liest, hat nichts mit mir oder meinem Blog, meiner geheimen Kamera zu tun. Ich könnte mich also wieder beruhigen, doch das tue ich nicht. Leise ziehe ich mich noch einmal nach oben in mein Zimmer zurück.

Constantin

Du hast noch drei Stunden Zeit, deinen Knackarsch hierherzubewegen, schreibt Nessa. *Falls du bis elf nicht auftauchst, bist du für mich gestorben.*
Werden wir ja sehen.
Schreib erst mal nicht zurück.
Steck das Handy wieder weg.
Spiel weiter.
Hab mir übrigens, jetzt mal abgesehen von Prag letztes Jahr, nie was nur zum Spaß gezogen.
Immer bloß vor Klausuren und so.
Bis zu der Sache an der Ostsee.
Wo das mit Daria anfing.
Und halt parallel mit Nessa.
Die hatte was dabeigehabt.
Hatte natürlich gewusst, dass das Zeug nicht ohne ist. Dass man schlau damit umgehen muss, um klarzukommen. Ich bin so was von schlau! Hab mich die ganze Scheißschulzeit dermaßen scheißschlau durchgemogelt. Weil ich's eben kann. Und saß dann plötzlich in der verfickten Prüfung und kriegte nichts mehr raus. Kein einziges Scheißwort.
Nur noch hysterisches Lachen.
Das war's dann.
Hab echt noch keine Strategie, wie ich das Laurenz' Vater beibringen soll. Wird mir aber noch einfallen. Jetzt erst recht.
Aber gestern erst noch mal mit Nessa abgehangen. Wollten uns ein letztes Mal zusammen was reinziehen.

Plötzlich sie so: »Hey, du hattest wirklich recht.« Hing so ein Faden aus ihrer Nase. Rubinrotes Blut. Schien richtig zu funkeln. »Diese Fuck-Buddy-Nummer – es funktioniert nicht mehr für mich. Ich will mit dir zusammen sein. Und ich will eine Entscheidung von dir.«

Ich so: »Hä, wie, Entscheidung?«

»Für mich. Gegen Daria. Oder eben andersrum. Eine Entscheidung halt.«

Hatte ihr erzählt, dass ich Daria morgen – also jetzt heute, gleich wenn wir hier mit dem Film fertig sind – mit zu mir nehmen will. Ist ja der Vorteil von so einer reinen Fickfreundschaft – jedenfalls solange sie funktioniert. Man muss dem anderen nichts vormachen. Kann ganz offen reden.

Ich glaube, ich kann mit keinem so gut reden wie mit Nessa.

»Du weißt doch, dass du sie morgen flachlegen wirst.« Klang total klar. So messerscharf kristallklar, wie das nur auf einem Meth-Trip möglich ist. »Damit bist du doch praktisch am Ziel. Du hast sie da, wo du sie haben wolltest. Da ist es für dein Ego doch gar nicht mehr wichtig, dass du sie *tatsächlich* vögelst. Wozu also willst du es tun? Macht sie dich denn wirklich so geil oder wofür brauchst du das?«

»Oder nicht?«, sagt der Dicke. Hat mich anscheinend gerade was gefragt.

»Hä?«

»Ach, vergiss es.«

Schon passiert.

Auch, weil gerade wieder das Handy in meiner Hosentasche vibriert.

Muriel

Ein zweiter Gast ist online. Was er oder sie da gerade sieht, ist nicht sonderlich interessant. Der Livestream zeigt Özge und Daria, wie sie im Kinokeller die Köpfe zusammenstecken. Wir sehen ihnen von schräg oben zu, das ist eine ungewohnte Perspektive. Beide tragen einen perfekten Mittelscheitel, kupferrot und goldblond. Sie könnten Schwestern sein, aber mit sehr unterschiedlichen Nasen, denn Darias ist stupsig klein, Özges charakteristisch ausgeprägt. Sie sprechen leise und ernst miteinander, Özges Finger fliegen über Lennys Tablet, halten manchmal inne, die beiden Köpfe drehen sich kurz zueinander, nicken, dann fliegen die Finger weiter. Die beiden arbeiten effizient und unaufgeregt. Vielleicht sollte die Welt wirklich besser von Frauen regiert werden. (Natürlich bin ich im Unterschied zu Özge keine Feministin, mithin meine ich das nicht ideologisch, sondern rein pragmatisch. Frauen labern nicht, sie machen einfach. Das liegt daran, dass sie nicht immer zuerst ausknobeln müssen, wer von ihnen den Längsten hat, vermute ich.) Unterdessen ist ein dritter Gast hereingeschneit. Auch von ihm noch keine Reaktion. Dafür rappelt hinter mir die Ratte in ihrem Käfig. Manchmal habe ich das Gefühl, dass sie mir große, wichtige Dinge mitzuteilen hat, die ich nur leider nicht zu verstehen imstande bin. Bestimmt hält sie mich für leicht minderbemittelt.

»Fertig«, höre ich Özge sagen. »Das reicht doch.«

»Und der ganze Rest?«, fragt Daria zögernd.

»Ist Kackmist«, brummt Özge und zuckt mit den Achseln. »Lassen wir weg.«

Daria muss grinsen. Solche Wörter kommen in ihrer Umgebung nicht häufig vor, schätze ich. Oder ihr imponiert Özges Entscheidungsfreude. Sie berührt Özge leicht mit den Fingerspitzen am Arm und sagt: »Du … was Constantin vorhin gesagt hat – ich glaube, das meint er nicht so.«

»Welchen Teil denn jetzt von dem ganzen Bullshit?« Özge wirkt belustigt, weicht aber nicht zurück. »Was er über meine Brüste gesagt hat? Oder einfach alles?«

»Er ist in seinem Kern kein schlechter Mensch«, sagt Daria. »Er kann es bloß nicht zeigen.«

»Aha«, macht Özge. »Mag sein. Wenn du ihn so siehst, klar, warum nicht, er ist ja auch dein Freund. Aber warum sagst du *mir* das?«

»Vielleicht sagt sie es gar nicht *dir*, Özge«, flüstere ich hier oben in meinem Zimmer dem Bildschirm zu, »vielleicht muss sie es sich selbst sagen.«

»Weiß auch nicht«, gibt Daria zu und wendet das Gesicht ab. »Irgendwie ist mir wichtig, dass ihn nicht alle Leute für ein Arschloch halten.«

»Viele Leute bewundern ihn abgöttisch«, widerspricht Özge. »Und manche halten ihn für ein Arschloch, aber sie bewundern ihn gerade deswegen. Was *ich* über ihn denke, ist sicher das Letzte, was ihn interessiert. Oder was *dich* interessieren sollte.«

»Nun«, beginnt Daria und sieht Özge wieder an, »du bist eben ein guter Mensch. Ein richtig guter Mensch. Ich glaube, das ist der Grund, warum es mir wichtig war, dir das zu sagen.«

Da ist sogar Özge für einen Augenblick sprachlos. Bei jedem anderen Menschen würde ich es schlicht *Naivität* nennen. Aber Daria, dieses blonde, stupsnasige Porzellanmädchen da unter meiner unentdeckten heimlichen Kamera ist nicht naiv. Sie spielt bloß nach völlig anderen Regeln als wir anderen. Oder gar nicht. Vielleicht ist sie bloß die Einzige, die niemals spielt, sondern alles ernst meint. Özge jedenfalls, die sonst mühelos die heftigsten Anfeindungen kontert, ist gegen so viel entwaffnende Offenheit vollkommen wehrlos. Jetzt murmelt sie bloß: »Wir sind ja eigentlich fertig hier, oder? Ich sag mal den anderen Bescheid, dann können wir weitermachen.«

Sie steht auf, reckt dem Kameraauge ihren Kupferscheitel entgegen und verlässt das Bild. Zwei meiner drei Gäste haben mich inzwischen ebenfalls wieder verlassen. Aber einer von ihnen hat mir etwas vermacht: Seinen Klick auf den Share-Button. Er oder sie hat den aktuellen Blogbeitrag auf Facebook geteilt. Mit anderen Worten: den Livestream aus meinem Keller. Und da holt Daria plötzlich ihr Handy aus ihrer Handtasche. Schon hämmert mir wieder der Puls gegen den Unterkiefer. Das ging viel zu schnell! Das ist viel zu früh! Wenn wir es wirklich so machen, dass wir über Precious erst ganz am Schluss sprechen wollen, dann brauche ich hier mehr Zeit! Daria schaut nur kurz und legt ihr Smartphone wieder fort. Ich atme durch. Ich muss jetzt wieder hinuntergehen und endlich das Handyproblem lösen.

Daria

Warum schaust du schon wieder nach, Daria? Wo du doch nicht stalken wolltest. Und was fängst du überhaupt an mit deinem Wissen, dass Con permanent bei WhatsApp online ist? Frag dich doch nicht ständig, ob du ihm vertrauen kannst oder nicht. Frag dich doch lieber, ob du *dir* vertraust. Ob du das Richtige tust, wenn du nachher mit zu ihm gehst. Ja, er wünscht es sich so sehr, er sehnt sich danach, weil er noch nie mit einem Mädchen geschlafen hat (sagt er jedenfalls, und warum, Daria, solltest du ihm das nicht glauben? Was hätte er davon, dich anzulügen?).

Daria, ist es *dein* Leben. Du weißt ja, dass du noch immer *Nein* sagen kannst.

Constantin

Keine Ahnung, wie viel es steht, egal.
Özge kommt rein, wir sollen weitermachen.
Der Dicke zwinkert mir zu.
Muss irgendwas verpasst haben.
Genauso egal.
Oder ist vielleicht nur ein Tick von ihm.
Als ich und er mit Özge zurück in den Filmraum kommen,

verstaut Daria gerade etwas in ihrer Handtasche und sieht mich gleichzeitig an. Schaut immer so rätselhaft. Gefällt mir irgendwie, kann gar nicht sagen, warum. Nessa hat ja eigentlich recht. Hab Daria so weit, muss nicht mit ihr vögeln. Nicht fürs Ego jedenfalls. Also warum mach ich nicht einfach mit ihr Schluss und entscheide mich für Nessa? Ganz normal, pärchenmäßig halt, ohne heimliche Treffen, Lügen, all das? Haben so viel gemeinsam, Nessa und ich. Stehen auf dieselben Sachen. Nein, nicht nur im Bett, Mann. Stehen zum Beispiel beide auf schnelle Autos, solche Dinge. Daria ist natürlich total anders. Vielleicht liegt es daran. Dass ihr so komplett andere Sachen wichtig sind. Dass sie einen Sinn im Leben sucht. Also einen richtigen, jenseits vom Sehr-viel-Kohle-Verdienen.

Bin ich ja vielleicht wirklich in sie verliebt?

Hab ich noch nie ernsthaft drüber nachgedacht. Komisch eigentlich.

Gerade steht sie auf und überlässt mir wieder den Platz, auf dem ich eben gesessen habe, zeigt mir ein Blatt mit den Texten, die sie geschrieben und wo sie jetzt kräftig drin rumgekritzelt hat. Will mir gerade erklären, was ich jetzt als Nächstes in die Kamera sagen soll, da kommt Muriel in den Raum und guckt in die Runde.

»Hey, Leute, kennt ihr eigentlich Handy-Mikado?«

Das heißt – ihr Kopf bewegt sich, als ob sie in die Runde gucken würde, aber ihre Augen fixieren bloß mich. Hat was Stechendes, ihr Blick.

»Handy-Mikado?«, frage ich zurück und halte dem Blick locker stand. »Du meinst – wer zuerst an sein Phone geht, verliert?«

»Genau. Wir alle legen unsere Handys hier auf den kleinen Glastisch an der Wand. Übereinander. Wie einen Turm.«
»Und der, der als Erster an sein Gerät geht«, frage ich, »der dann also der Verlierer ist, der muss dann … was genau tun?«
»Nichts. Er hat bloß verloren.«
»Langweilig«, brumme ich. »Ist ja dann gar kein richtiges Spiel.«
»Es geht ja auch bloß darum«, mischt sich Özge ein, »dass wir alle einfach mal unsere Handys weglegen. Damit wir hier endlich konzentriert zu Potte kommen.« Holt demonstrativ ihr Teil hervor und legt es auf den Tisch. Und feixt: »Mein Handy ist sowieso im Flugmodus. Das stelle ich nämlich immer so ein, wenn ich ein Meeting habe. Aus Respekt vor dem Team.«
»Team!«, wiederhole ich abfällig.
Team. Lächerlich. Nie waren Leute weniger ein Team als wir fünf hier.
»Für den Verlierer bleibt die Schmach, verloren zu haben«, meint der Dicke lässig. »Schlimm genug, oder nicht? Conni?«
Wenn der noch einmal *Conni* zu mir sagt …
»Weiß nicht«, brumme ich, »versteh nichts davon. Ich verlier ja nie.«
»Dann kann es dir doch egal sein«, grinst der Dicke. »Oder hast du Angst, dass du was Megawichtiges verpasst?«
Gute Frage. Hab ich normalerweise nie. Dachte immer, die megawichtigen Sachen sollten lieber Angst haben, dass sie *mich* nicht verpassen.
Ist aber plötzlich anders geworden, seit Nessas Geständnis.

Muss anscheinend eine echte Entscheidung treffen. Entscheiden ist scheiße, ich halte mir gern meine Optionen offen.
»Oder?«, fragt der Dicke schon wieder. Guckt so, als hält er mich allmählich für schwer von Begriff.
»Ich hab vor nichts Angst«, sage ich deshalb extra deutlich. »Weißt du doch genau.«
Ziehe mein Handy aus der Hosentasche.
Ich sehe, dass du meine Nachrichten siehst, schreibt Nessa, setzt ein paar wütende Emoticons dahinter. Ist jetzt kurz vor neun. Hab also zwei Stunden Zeit, um mich zu entscheiden. Wenn du drauf bist, können dir zwei Stunden wie zwei Jahre vorkommen. Bin aber runter. So was von.
Zwei Stunden also.
Zwischen mir und Nessa.
Oder mir und Daria.
Hat wieder diesen rätselhaften Blick drauf.
Ist doch ganz gut, eine Weile nicht dauernd von Nessas Nachrichten gestresst zu werden. Drücke auf den Aus-Knopf, lasse das Teil runterfahren. Wie mich selbst. Tut gut. Zeige das schwarze Display herum, die andern staunen.
»Noch Fragen?«
Ich lege das schlafende Handy auf Özges. Die Teile von Daria, Lennard und Muriel stapeln sich darüber.
Guckt mich noch mal an, Muriel. Stechend. Postiert sich, ohne mich aus den Augen zu lassen, wieder hinter ihrer Kamera.
Setze mich in den Sessel, gucke easy zurück und sage: »Komm bloß nicht auf die Idee, mich noch einmal nach meinem Zweithandy zu fragen. Das existiert nämlich immer noch nicht.«

Hat mir nämlich genau das damals vorgeworfen.
Weil ich ja angeblich schuld wär, dass Precious sich umgebracht hätte, und sie könnte das beweisen, mit diesem einen WhatsApp-Chat zwischen mir und ihr, also Precious. Hat das wieder und wieder gesagt, und als dann die Bullen kamen, checkten die wirklich mein Handy, Mann. Voll die irre Situation. War natürlich nichts. Meinte Muriel so, ich müsste irgendwo noch ein zweites Phone haben. Echt kein Wunder, dass jeder sie für absolut durchgeknallt hält.
»Schatz?«
Daria beugt sich zu mir, das Blatt mit dem Text in der Hand.

Muriel

Für den Satz mit dem zweiten Handy würde ich ihm am liebsten eine knallen. Aber ich halte mich zurück, ich darf es jetzt nicht versauen. Ich muss auf den richtigen Moment warten, und der ist noch nicht da. Constantin hat offenbar nicht die leiseste Spur eines schlechten Gewissens. Oder er verbirgt es sehr gut vor uns. Vor mir. Vor dir. Bevor der Abend hier vorbei ist, wird er seine Maske fallen lassen. Du darfst dabei sein.

Ob ich eigentlich einen konkreten Plan habe, wie ich ihm sein Geständnis entlocken will? Ehrlich gesagt frage ich mich das auch gerade. Aber eins nach dem anderen. Zumindest ist das Handy-Problem gelöst. Ich muss mich bloß höllisch konzentrieren, nicht immer an die Decke zu schauen, um zu prüfen, ob die zweite Kamera noch hält. Natürlich hält sie, sonst wäre das hier schon vorbei. Würde sie plötzlich – wie aus heiterem Himmel – von der Decke fallen, gäbe es nichts, was ich zu meiner Verteidigung vorbringen könnte. Nur Constantins Geständnis kann mich *ent*lasten. Im wahrsten Sinne des Wortes: *auf*wiegen, was ich hier tue.

Es hat mir immer Spaß gemacht, Precious irgendwelche Redewendungen zu erklären. Die Sprache auseinanderzunehmen, die verschiedenen Ebenen der Wortbedeutung zu erkunden. Es gibt ja auch die Redensart, dass Geld angeblich nicht stinkt. Constantin stinkt tatsächlich nicht, ich kann sein Aftershave bis hierhin riechen und es ist nicht unangenehm, keine Spur aufdringlich. Er hat schon irgendwie Stil, vielleicht ist das sein Geheimnis. Das passt nicht ganz ins Klischee, denn wer wie er mit der Rich-Kids-Clique abhängt, sollte eigentlich immer eine Spur überziehen, wie man das von solchen Emporkömmlingen kennt. Ich weiß das, denn ich bin selbst superreich, nur habe ich nie zu einer Clique gehört und Stil habe ich eigentlich auch nicht; das ganze Geld meines Alten hat mir nichts als Komplexe eingetragen.

»Reicht das?«, fragt Constantin. »Habt ihr das?«

Ich sehe auf und nicke. Zwar habe ich leider überhaupt nicht zugehört, aber das muss ich ja auch nicht, ich muss nur filmen. Daria sieht zufrieden aus und Lenny auch, als ich mich zu ihm herumdrehe. Er steht schon wieder die ganze Zeit hinter mir, um mir über die Schulter zu sehen.

»Im Kasten«, sage ich zur Bekräftigung. »Nächster Take.«

Geld stinkt vielleicht nicht, aber es tötet.

Özge

Ich traf sie im Morgengrauen. Das war im Herbst, vor der Studienfahrt, die Autos am Straßenrand waren schon von Reif überzogen und mein Atem dampfte im ersten Licht. Ihr Wohnheim lag nicht weit von meiner Straße entfernt und wir sahen uns manchmal morgens im Bus, aber nicht oft, da sie meistens schon früh unterwegs war, während ich immer erst auf den letzten Drücker zur Schule loskomme. An diesem Morgen kam sie mir entgegen, hatte die Fellkapuze ihres Parkas tief ins Gesicht gezogen, und ich erkannte sie erst, als wir schon aneinander vorübergingen.

»Hey«, sagte ich, »hallo.«

Sie ging weiter.

»Precious?«

Da blieb sie stehen, drehte sich zögerlich um und sah mich an, als hätte ich sie bei etwas ertappt.

»Guten Morgen«, sagte ich, »hey, gehst du nicht in die falsche Richtung?«

»Nein.«

»Aber der Bus fährt dort drüben ab.«

»Ich weiß«, antwortete sie und klang eine Spur verärgert. »Doch es ist Mittwoch. Am Mittwoch muss ich erst zur zweiten Stunde in der Schule sein. Ich gehe vorher nach Hause.«

Etwas daran machte mich stutzig. Und in ihrem müden, leeren Gesicht stand eindeutig der Wunsch, in Ruhe gelassen zu werden. Aber ich machte einen Schritt auf sie zu.

»Wo kommst du denn her? Jetzt, um diese Uhrzeit?«

»Von meiner Arbeit.« Sie flüsterte fast. Ich spürte, dass sie mir das eigentlich gar nicht sagen wollte, aber zum Lügen hatte sie vielleicht in dem Moment keine Kraft.

Ich machte noch einen Schritt auf sie zu, bis wir dicht voreinanderstanden und unsere Atemwolken sich vermischten.

»Du darfst mich nicht verraten«, flüsterte sie, »versprochen?«

»Versprochen«, sagte ich. »Aber was ist denn das für eine Arbeit, die du mitten in der Nacht machen musst?«

»Der Großmarkt. Ich wische die Regale aus. Im Kühllager. Sie bezahlen mich dafür. Niemand darf das wissen, denn die Deutschen erlauben mir keine Arbeit.«

»Du arbeitest schwarz«, stellte ich fest und fand mich im selben Augenblick ganz unglaublich bescheuert, als ich in ihr müdes schwarzes Gesicht blickte.

»Im Großmarkt heiße ich Francine. Francine ist eine Frau aus Burundi. Ich miete ihre Papiere.«

»Mieten?«, entfuhr es mir.

Precious blickte sich erschrocken um, als könne uns jemand belauschen.

»Ist das ein falsches Wort?«

»Nein … doch, es ist … puh. Du *mietest* also die Papiere einer anderen Frau, damit du dort arbeiten kannst. Das ist doch Ausbeutung. Sie missbrauchen dich, weißt du das?«

Als ob sie das nicht wüsste! Während ich mit ihr sprach, stand ich die ganze Zeit neben mir selbst, wollte mich schütteln und anschreien wegen meiner Selbstgerechtigkeit und konnte trotzdem einfach nicht damit aufhören.

»Wie viel bezahlen sie dir?«

»Fünf Euro«, sagte Precious gequält. Sie wünschte sich sicher nichts sehnlicher, als dass ich das Verhör beendete. »Die Hälfte darf ich behalten.«

»Und die andere Hälfte bekommt diese Francine?«

»Ich weiß nicht. Ich kenne die Frau nicht. Ich kenne nur John. John hat mich in den Job gebracht, John hat die Papiere besorgt. Ich dachte erst, dass niemand mir glaubt. Diese Francine ist viel älter als ich. Aber John hatte recht. Für euch Deutsche sehen alle Afrikaner gleich aus. Dem Chef ist das egal. Ich arbeite sauber und gründlich. Ich spare das Geld. John sagt, dass ich einen Ausweis kaufen kann, wenn ich genug gespart habe.«

»Genug? Wie viel ist genug?«

»Achttausend.«

»Puh …«

»Darf ich jetzt gehen?«

»Oh Precious … ich – es tut mir leid.«

»Was denn?« Sie sah mich ratlos an. »Was tut dir leid?«

Ich hätte sie gern in den Arm genommen, aber wie sie da stand, die Hände in den tiefen Taschen ihres Parkas vergraben, wäre das wohl nur noch übergriffiger gewesen.

»Alles«, sagte ich leise. »Bitte verzeih.«

»Ja«, antwortete sie nur noch, wandte sich um und ging.

Mein schlechtes Gewissen plagte mich den ganzen Tag und auch den nächsten. Was sie mir verraten hatte, konnte ich einfach nicht vergessen.

Zwei Tage nach der Begegnung im Morgengrauen passte ich sie nach der Schule ab.

»Es lässt mir keine Ruhe«, gestand ich ihr. »Du, diese Arbeit, all das. Ich wünschte, ich könnte irgendetwas für dich tun.«

»Kannst du mir achttausend Euro geben?«, fragte sie lapidar.

»Nein, natürlich nicht. Aber vielleicht gibt es andere Möglichkeiten für dich? Perspektiven? Kontakte? Ich kann dich zu den Behörden begleiten, wenn es dir hilft. Ich kann für dich sprechen, mit den Leuten diskutieren.«

Sie machte ein Geräusch, als würde sie ausspucken.

»Auf dem Amt diskutieren sie nicht«, sagte sie. »In Nigeria, wenn du zu einer Administration gehst, dann nimmst du einen Umschlag mit und legst etwas Geld hinein. Und meistens hilft das. Aber in Deutschland hilft kein Geld und kein Diskutieren. Sie tun nur, was das Gesetz befiehlt.«

»Oder du könntest untertauchen«, sagte ich und grinste. Was für eine romantische Vorstellung. »Nicht weit vom Bahnhof gibt es einen Bauwagenplatz. Eine kleine wilde Brachlandschaft, da leben ein paar nette, verrückte Leute. Ich hab mal welche von denen kennengelernt. Und ich weiß, dass dort immer wieder mal Leute ohne Papiere wohnen. Wenn ich du wäre, würde ich dort untertauchen, bevor sie mich abschieben.«

»Und dann? Was soll ich da?«

Gute Frage. Ich begann zu verstehen, dass mein Bezugsrahmen hier nicht galt. Falls ich ihr wirklich helfen wollte, müsste ich versuchen, ihre Logik anzuwenden und nicht meine eigene.

»Wir müssen also Geld auftreiben«, überlegte ich.

»Da ist kein *Wir*«, erwiderte sie. Es klang wie ein Anglizismus, es erinnerte mich an einen Film, den ich mal im Original gesehen hatte. *There is no me and you.*

»Ich hasse dieses System«, schimpfte ich los. »Die Bürokratie! Diese verdammten rassistischen Gesetze hier! Diese Doppelmoral! All diese Gesetze gelten doch nur für Leute, die kein Geld haben. Die es sich nicht leisten können, sich darüber zu erheben. Mit Geld kannst du alles kaufen, da brauchst du dich um Gesetze nicht zu scheren. Vielleicht nicht wie bei dir in Nigeria, wo du ein paar Dollar in einen Umschlag legst. Da geht es um ganz andere Dimensionen.« Ich dachte an die Clique der reichen Jungs in unserer Stufe. Laurenz und die anderen. Constantin. »Manche hier platzen fast vor Kohle. Das sind Leute, für die wären achttausend Euro ein Trinkgeld.«

»Trinkgeld? Was meint das?«, fragte Precious.

»*Tip* heißt das auf Englisch, glaube ich.«

»Nein«, sagte sie.

»Nicht?«

»Doch, das Wort *tip* kenne ich. Aber achttausend ist kein Tip.«

»Ha!«, machte ich. »Man müsste die Typen einfach mal ganz dreist fragen. Das würde mich echt interessieren, wie sie darauf reagieren.«

In ihren Augen flammte etwas auf.

»Wirklich?«

Ich lachte hohl und meinte: »Vermutlich könnte man sogar jemanden wie Constantin aus der Reserve locken, wenn man sich einfach mal vor ihn hinstellt und sagt: ›Hey, Conni, wir brauchen achttausend Euro für einen guten Zweck. Kannst du das bei deinen Kumpels für uns klarmachen?‹ Ich meine – er ist ein Zocker, für den wär das so was wie ein Spiel.«

Ich sah ihn plötzlich vor mir. Hey, Mann, hatte ich damals

nach der Stufenparty zu ihm gesagt, ich hab nie zuvor einen reichen Jungen geküsst. Hast du jetzt auch nicht, hatte er gegrinst, ich häng bloß mit den reichen Typen rum. Aber ich bin nicht reich. Noch nicht. Irgendwann bin ich reicher als die alle zusammen.

»Constantin«, wiederholte sie leise und hinter ihrer Stirn arbeitete es.

»Oh, warte«, rief ich aus, »das war doch nur ein blöder Gedanke von mir. Kein ernst gemeinter Vorschlag.«

»Wieso blöd? Du sagtest doch, du willst mir helfen.«

Sie wandte sich zum Gehen.

»Will ich ja auch. Jetzt warte doch, warte mal, wir …«

»Es ist alles okay«, sagte sie und ließ mich stehen.

»Warte …«

»Ich muss jetzt wirklich gehen.«

Da ist kein *du und ich*.

Wirklich nicht. Aber ich Ignorantin wollte es ja nicht wahrhaben. Ich war randvoll von Idealismus, Tatendrang, ja, ich wollte was tun. Eine Demo, na klar. Wozu war ich Schulsprecherin? Es sollte doch kein Problem sein, zweihundert, dreihundert Leute vors Rathaus zu kriegen. Ich sah schon die Transparente: Bleiberecht für Precious! Das war doch das, was ich kann: Kampagnen starten, Aktionen umsetzen. Ich quatschte ein paar Leute aus der Stufe an, die sofort Feuer und Flamme waren. Ich erzählte es meinem Schulsprecherkollegen Bjarne, der die Idee super fand. Ich traf mich mit einem von der Antifa, der sich mit so was auskannte, ich informierte mich bei der Polizei, wie das mit dem Anmelden einer Demo überhaupt funktioniert. Ich sprach mit Muriel, die doch, soweit ich das sah, noch am ehesten von uns allen mit Precious in Kontakt war. Doch die ließ mich komplett auflaufen.

»Willst du Precious auf irgendeine Bühne zerren?«, fragte sie schroff. »Warum machst du ihr nicht einen Ring durch die Nase und führst sie daran durch eine Zirkusmanege?«

Ich hätte Muriel ohrfeigen können. Sie spielte sich auf, als hätte sie irgendwelche Exklusivrechte an Precious. Eigentlich sollte ich sie ohne ein weiteres Wort stehen lassen, aber das half ja nichts.

»Ich habe das doch richtig verstanden«, sagte ich geduldig, »dass Precious am Jahresende achtzehn wird. Und dass sie dann abgeschoben werden soll. Richtig?«

»So habe ich das auch verstanden«, nickte Muriel.

»Aber gegen so einen Skandal muss man doch angehen«, beharrte ich.

»Dann mach das«, sagte Muriel. »Aber benutze Precious nicht, um dich selbst zu profilieren. Hast du sie überhaupt schon gefragt, ob sie damit einverstanden wäre?«

Nein, hatte ich nicht. Ich nahm mir vor, sie auf der Studienfahrt in einer ruhigen Minute anzusprechen. Aber dazu kam es dann ja nicht mehr.

Constantin

Weiß noch genau, wie sie mich anquatschte. Also Precious. So knappe zwei Wochen vor der Studienfahrt war das. Sehe sie noch genau vor mir stehen, ihr Gesicht, so reglos, als würd sie bloß nach dem Weg fragen oder ob ich vielleicht einen Kaugummi für sie hätte.
Ich hing auf der Bank rum, draußen vor der Schule, da ist so 'n Kreisverkehr.
Auf der Mitte davon steht ein großer Busch, drum herum Bänke. Hockte da, hatte Ohrstöpsel drin, aber keine Musik an, brauchte einfach mal Ruhe.
Ich nahm die Stöpsel raus, guckte sie an.
»Stimmt es, dass du reich bist?«
Nee, ich leider nicht, dachte ich. Nur meine Buddys aus der Rich-Kids-Blase.
Sagte aber nichts. Fühlte mich plötzlich beobachtet, als wär Laurenz hier irgendwo. Wie bei einer Prüfung. Bei einem Bewerbungsgespräch, einem verdammten Assessment-center.
Wie hart und krass ist Con wirklich drauf?
»Brauchst du Geld?«, fragte ich sie.
Sie nickte.
»Wie viel?«
»Achttausend«, sagte sie.
»Jo«, meinte ich. »Das ist ja mal was anderes, als wenn man am Bahnhof für 'n Euro angeschnorrt wird, weil ein Penner angeblich Geld für 'ne Fahrtkarte braucht.«

Schnallte natürlich, dass es hier tatsächlich um eine Art Fahrkarte ging.
Precious tat voll ahnungslos. Oder war es tatsächlich. Hatte die Offenheit von Leuten, die echt überhaupt nichts zu verlieren haben. Bisschen beneidenswert irgendwie.
So dreist musst du erst mal sein. Damit kommst du weit. Hab meinen Vater mal sagen hören, Geiz gäbe es nur bei Peanuts. Es ist einfacher, meinte er, zehn Millionen für ein neues Bürogebäude lockerzumachen, das keiner braucht, als achtzig Piepen für eine neue Espressomaschine in der Teeküche vom Großraumbüro. Precious ging also in die Vollen.
Und ich auch.
Dachte an Laurenz.
Kein Boss ohne Boss-Cock, Bro. Irgendwann musst du mir zeigen, wie hart du wirklich drauf bist.
»Kannst du mir irgendeine Gegenleistung bieten?«, fragte ich. »Irgendwas, das achttausend Schleifen wert ist?«
Sie legte den Kopf schräg und fragte zurück: »Willst du Sex mit mir haben?«
So was von krass, diese Situation. Guckte mich um. Gerade war die zweite Pause, Lärm und Kinderlachen kamen vom Schulhof über die Mauer zu uns, aber hier draußen vor dem Tor waren wir beide allein.
Musste irgendwas sagen.
Hätte sagen können: So viel Kohle hab ich gar nicht.
Oder einfach nur: So was tu ich nicht.
War mir aber gar nicht sicher, dass ich so was wirklich nicht tu. Da pulste was durch meine Adern, das fast noch besser war als Dope.

Das Gefühl von Macht.
Von absoluter Macht.
Wollte Nein sagen, wollte aber gleichzeitig doch.
Versuchte, Zeit zu gewinnen.
»Wie schnell brauchst du das Geld überhaupt?«
»In zwei Wochen fahren wir an die Ostsee«, sagte sie. »Bis dahin brauche ich es.«
»Was hat das denn mit der Studienfahrt zu tun?«
Sie zögerte. Überlegte sicher, ob sie mir das überhaupt sagen soll. Schien aber jetzt auch egal zu sein.
»Ich gehe nach Schweden«, sagte sie. »Von der Küste aus ist es einfacher. Deshalb.«
»Weiß nicht, ob ich bis dahin die Kohle auftreiben kann«, sagte ich.
»Ich brauche das Geld vorher«, sagte sie.
»Warum?«
»Das Geld ist nicht für die Fahrt, denn dafür habe ich genug gespart. Aber ich muss einen Ausweis kaufen.«
»Einen Personalausweis?«
Ich guckte mich wieder um. Keiner zu sehen außer ihr und mir. Der Schulhoflärm kam aus einem fernen Paralleluniversum.
»Jemand besorgt dir einen Ausweis?«
»Ja. Jemand hier in der Stadt. Er hat den Ausweis, ich muss ihm nur das Geld geben.«
»Vorschlag«, sagte ich. »Ich besorge den Ausweis für dich und du brauchst dich um die Kohle gar nicht zu kümmern. Und wenn wir dann dort sind, in diesem Küstenkaff, dann kriegst du deinen Ausweis und ich kriege Du-weißt-schonwas.«

Ich meine – ich dachte doch nicht, dass sie ernsthaft darauf eingeht.
Es war doch nur ein Spiel, in dem Moment.
So 'n Rollenspiel.
Wie ein Assessmentcenter eben.
»Deal«, sagte sie.
Ist ja nicht meine Idee gewesen.
Wie krank wär ich denn, wenn ich selber auf so was käme.
Wie hart bin ich wirklich drauf?
»Okay«, sagte ich. »Deal.«
Und da nickte sie nur und drehte sich um und verschwand durch das Tor zurück im Paralleluniversum.
Da hinter dem Tor, eine ganz normale Schule mit ganz normalen Leuten.
Hier draußen ich.
Mann, abgefahren.
Da nieste einer.
Direkt hinter mir.
Hinter dem Busch.
Scheiße.
Musste kurz überlegen.
Dann ging ich entschlossen um den Busch herum.
Und wer hockte da auf der Bank, mit einem Döner in den Flossen und die Fresse mit Soße verschmiert, und glotzte mich blöde an, als hätte ich ihn beim Wichsen erwischt?
»Nee, oder?«

5

Muriel

»Handy-Mikado«, schreibt Juan auf Facebook, »wer denkt sich so 'n Scheiß aus?«

Er hat den Link zu meinem Blog geteilt, den vor ihm jemand anders geteilt hat, dessen Profil ich nicht zuordnen kann. Egal, es wirkt. Es wächst. Hyungsung teilt es auch und schreibt: »Coole Sache. Abifilm in the making. Leute aus unserer Stufe live bei der Arbeit. Sogar Constantin macht mal was für die Allgemeinheit. Guckt mal, Pascal Ziegelschneider, Timo Hecker, Moritz Nowak, Finn Otto, Alessio Rossi!«

»Hey, Leute«, schreibt Alessio. »Winkt mal rüber, wenn ihr das lest, sonst like ich euch nicht.«

Alina beschwert sich: »Das is nicht witzig, Muriel. Was hat euer Projekt mit Precious zu tun?«

Sie hat nicht nur die Bilder auf Facebook gesehen, sondern die Überschrift auf meinem Blog bemerkt. Dreizehn Leute ärgern sich mit ihr.

Tim Zeiler mutmaßt: »Sieht aus, als merken die gar nichts. Oder? Hallo! Lennard, geh mal an dein Handy, Mann! Ich ruf dich die ganze Zeit an.«

»Da ist irgendeine Riesenverarsche am Laufen!«, ahnt Enes.

Ronja, Lexi und siebzehn anderen gefällt das.

»Geschmacklos«, findet Finn.

»Das ist nicht gut«, schreibt eine gewisse Josephine, von der ich noch nie gehört habe.

Viele Namen kenne ich nicht. Es sind Leute dabei, die anscheinend Precious gekannt haben, und andere, die einfach bloß irgendwen aus der Stufe kennen und die ganze Show vor allem aus voyeuristischen Gründen sehenswert finden.

»Was geht da wegen Precious?«, fragt Sophie. »Muriel hat was ausgeheckt. Jetzt ist sie endgültig übergeschnappt.«

»Abwarten«, antwortet Betül. »Vielleicht kommt ja irgendwas raus.«

Ich kann längst nicht alle Kommentare lesen, nicht auf meinem Blog und erst recht nicht auf Facebook, wo der Link immer weiter geteilt wird. Sie markieren sich gegenseitig, machen einander darauf aufmerksam, bald ist die ganze Stufe online und ein Haufen weiterer Leute aus der Schule oder von wo auch immer. Nur meine analogen Gäste unten im Keller sind ahnungslos. Seltsamerweise hämmert es nicht mehr so in meinem Hals wie vorhin. Lampenfieber hat man eben immer nur *vor* dem Auftritt und nicht mittendrin. Doch das ist es, was wir sind: längst mittendrin.

Ein Abbruch käme nicht mehr infrage, selbst wenn ich wollte. Nichts kann das hier mehr rückgängig machen, jetzt geht es nur noch vorwärts. Und entweder bin ich am Ende dieses Abends die Heldin, die Constantin entlarvt hat, oder ich bin endgültig die unzurechnungsfähige Verrückte, eine Gefahr für die Allgemeinheit.

Doch viele haben mich ohnehin schon immer so gesehen, was habe ich also zu verlieren? Ich würde mich gern noch weiter an dem Anblick der Welle weiden, die ihre Kreise durchs Netz zieht, aber die kurze Pinkelpause, die wir eingeschoben haben, ist längst vorbei. Und als ich zurück in den Keller komme, widmen sich die anderen bereits dem nächsten Akt unseres Films (also des anderen, offiziellen Films).

Konkret gesagt dem unnötigsten aller Schulabschluss-Rituale: dem Abistreich.

Die allermeisten Menschen aus dem Jahrgang hatten in der Schule übernachtet und alles vorbereitet. Das habe ich mir selbstverständlich nicht gegeben, kam stattdessen wie alle anderen Jahrgänge auch am Morgen zur Schule und stand inmitten der Menge vor dem verbarrikadierten Hauptgebäude. Glitzernde Stoffbahnen umhüllten das Erdgeschoss und ließen nur einen schmalen Durchgang offen. Die dort postierten Türsteher taten, als würden sie die Kleiderordnung checken (was mich als Fünftklässlerin sicher traumatisiert hätte, aber ich bin natürlich kein Maßstab), dann verpassten sie jedem eine *Golden Membership Card* und ließen uns passieren. Die Aula war mit dicken Teppichen ausgeschlagen und mit Sofas vollgestellt, auf denen sich die Jungs in noblen Anzügen und mit dicken Zigarren im Mundwinkel rekelten, während die Mädchen in flatternden Cocktailkleidern dazwischen herumstöckelten. Das Motto lautete übrigens *kABItalismus – Schluss mit (Schul-)Klassenkampf*.

Das war natürlich ironisch gemeint. Wir meinen ja immer alles ironisch. Trotzdem waren Özge und ein paar andere Leute ohne Sinn für Ironie in ihre abgefucktesten Klamotten gestiegen und hatten sich am Rande der Bühne eine kleine Hausbesetzerszene gebastelt. Die Ahnungslosen! Als würden sie das Bild damit nicht erst perfekt abrunden. Denn was wäre Reichtum überhaupt noch wert, wenn es keine Armut und Andersartigkeit gäbe, auf die die Reichen voll Abscheu herabblicken könnten?

»Also hier gibt es nur eine kurze Anmoderation«, erklärt Daria jetzt, während sie ihre Blätter sortiert, »denn der Beitrag selbst ist ja schon geschnitten und es gibt die Kommentare von Juan dazu.« Sie versucht ein Lächeln. »Wenn man die lustig findet, sind sie witzig.«

»Du bringst es auf den Punkt«, sagt Özge.

Lenny schaut besorgt.

Lennard

Özge hat ja vorhin schon mal gesagt, dass sie nicht so auf diese Verarschungsnummer steht. Aber wenn wir alle Takes rausschmeißen müssten, wo Juan reinlabert, dann würd echt nicht viel von dem Zeug übrig bleiben.

Özge fragt: »Können wir uns das denn kurz gemeinsam anschauen?«

»Klar«, sag ich & wende mich an Muriel. »Der Beamer da oben. Kann der WLAN?«

»Bitte?«

Sie guckt mich voll erschrocken an, als hätte ich was Unanständiges gefragt. Fast wie zur Entschuldigung hebe ich mein Tablet hoch.

»Ob ich mit dem Ding auf den Beamer zugreifen kann«,

erkläre ich. »Weil dann könnten wir uns den Film ja zusammen hier auf der großen Leinwand angucken.«

»Nein«, sagt sie, »also ja, glaube schon, aber ich verstehe nichts davon. Ich weiß auch den WEP-Schlüssel gar nicht.«

»Aber du weißt, dass es WEP-Schlüssel heißt«, sag ich. Weiß auch nicht, warum ich das sage, vielleicht wollte ich einfach nur aufmunternd sein, halt iwie so, dass sie sich nicht dumm vorkommen soll. Mädchen haben ja manchmal echt zu wenig Selbstbewusstsein bei Techniksachen. Aber Muriel zieht bloß spöttisch 1 Augenbraue hoch & brummt: »Danke, Lennard.«

»Ich mein ja nur«, sag ich noch.

»Vergiss den Beamer, okay?«, sagt sie & klingt iwie so streng. »Zeig uns halt den Film auf deinem Taschenrechner da, das reicht ja wohl. Wir wollen hier doch weiterkommen.«

Schade, hätte das Teil gern mal in Aktion gesehen. Mit dieser strangen Linse & so. Aber so was von strange.

»Geht klar«, brumm ich, öffne den Film & lass ihn abfahren. Die anderen bilden 1 Kreis um mich & stecken die Köpfe zusammen (komisches Gefühl, so mittendrin zu sein). Auf dem Screen fliegen die Bilder vorbei, weil Hyungsung ist wie 1 Irrer durch die Aula gerannt mit der Kamera in der Hand & Juan kommentiert die Bilder so gehetzt, als wären das 2 Reporter mitten in 1 Krisengebiet, interviewen zwischendurch die Unterstufen-Kids & gehen nachher bei den Spielen, die die Lehrer machen mussten, richtig hautnah ran.

Ich heb den Kopf & seh in die 4 Gesichter um mich herum & bleib an dem von Özge hängen. Sie lächelt mich an & sagt mit ihrer Zartbitterschokoladeneisstimme: »Vielleicht habt ihr das als Verarsche *gemeint*, aber es trifft die Sache doch echt gut im Kern, finde ich.«

»Welche *Sache*?«, fragt Daria.

»Na, den Kapitalismus. Den *kABItalismus*. Vielleicht ist Verarsche die ernsteste aller Möglichkeiten, mit diesem Wahnsinnssystem umzugehen. Oder die einzige.«

»Für dich ganz bestimmt«, meint Conni zu ihr.

»Wie *du* damit umgehst, wissen wir ja«, gibt Özge zurück.

»Ich gehe gar nicht damit um«, erwidert er. »Ich *bin* das Wahnsinnssystem.«

»Was dann ja wiederum heißt«, fällt mir dazu ein, »dass Verarsche ebenfalls die ernsteste aller Möglichkeiten ist, mit *dir* umzugehen, Conni. Oder die einzige.«

Ganz kurz schießt er mich mit einem eiskalten Conni-gewinnt-immer-Blick ab, bevor er sich dran erinnert, dass ich ja wohl keinen würdigen Gegner für ihn abgebe. Er wechselt auf Standard-Sieger-Lächeln. Verrückte Situation, so 'ne Diskussion zu führen, wo alle fast Nase an Nase stehen. Aber da ist der Film auch schon zu Ende & sofort machen alle 1 Schritt zurück.

»Haben wir das geklärt?«, fragt Muriel mürrisch. Oh, klingt cool, oder? *Muriel Mürrisch*. Muss ich mir merken. Na, jedenfalls ist die hier so voll Hektik am Verbreiten & das kommt mir iwie immer komischer vor. Ich kann gar nicht sagen, wieso, aber irgendwas stimmt hier echt nicht. Mit ihr oder mit dem Haus oder keine Ahnung. Ich schnall überhaupt nicht, was das ist. Das war ja schon ganz am Anfang, als ich gerade angekommen war & die mit der Leiter rumhantiert hat. Von wegen Spinnweben wegmachen & so. Hat

Muriel den Beamer abgewedelt oder so was, damit der dann auch schön sauber ist, wenn wir ihn eh nicht benutzen dürfen? Außerdem – 1 Putztuch oder so was hatte sie ja auch nicht in der Hand gehabt, nur diese Leiter halt.

»Okay, ich würde ein paar Sachen ändern«, sagt Özge gerade mit dem Textblatt von Daria in der Hand, »aber nur drei, vier klitzekleine Sachen.«

»Sind alles nur Vorschläge«, flötet Daria. Ob die sich nicht manchmal selber blöde dabei vorkommt?

Muriel scheucht Özge & Conni wieder in die Sessel. Mann, die drückt aber jetzt aufs Tempo. Erst gibt Conni seinen Text ab, dann Özge. Ohne 1 einziges Mal aufs Blatt zu gucken. Trotzdem spricht sie richtig lange ausgefeilte Sätze, ohne einmal hängen zu bleiben oder *Äh* zu machen. Bestimmt steht nicht 1 Wort davon auf Darias Zettel. Özge spricht frei & völlig druckreif. Na, ich jedenfalls würd das alles sofort drucken, wenn ich Drucker wäre. Ich bin ja immer noch auf der Suche nach einer guten Jobidee. Warum also nicht? Özge könnte den ganzen Tag Reden halten mit ihrer zartbittren Stimme & ich würde das dann drucken. Kann man mit so was eigentlich Geld verdienen? Geht es denn immer nur ums Geldverdienen? Das ist ja genau das, worüber sie da gerade redet. Dass wir so tun, als wär das Abi die Lizenz zum Kohlescheffeln & Karrieremachen, dass wir uns was einbilden hier in diesem Land, wo die Reichen immer nur reicher werden & die Armen immer nur ärmer, wo Bildung 1 Privileg ist, was nicht erworben, sondern vererbt wird & es voll schwer ist, wenn man keine Akademikereltern hat ... Scheiße, ja. Oder nein oder ... Mann, ich weiß nicht. Natürlich sind meine Eltern keine Akademiker. Obwohl … keine Ahnung, was mein Vater treibt, vielleicht promoviert er gerade? Nee, kleiner Scherz, der wird wohl irgendwo in der Gosse liegen. Ich hab ihn zum letzten Mal gesehen, als ich noch im Kindergarten war & da hatte der schon seit 2 Jahren keinen Unterhalt mehr gezahlt. Meine Mutter hat natürlich kein Abitur, die sitzt an der Kasse bei Lidl (ist aber 1 guter Job, sagt sie, also besser, als man so denkt, jedenfalls besser als putzen, sagt sie) & in unserem ganzen Haus hat keiner Abitur, nicht mal in unserem ganzen Block, glaube ich, nur ich jetzt. Holy Mother of Whatthefuckness, da hab ich echt noch gar nie drüber nachgedacht! Ich hab ja nie gesagt: So, Lennard, alte Keule, du machst jetzt mal schön Abitur, dann wird was aus dir werden. Eher so im Gegenteil, ich hab immer gemacht, was ich am 1fachsten fand. Schule fand ich halt 1facher als das, was die anderen so machen – Ausbildung, Berufskolleg & was es alles gibt. Nur – dass ich jetzt Abi habe, wird niemals irgendwas dran ändern, dass Leute wie Conni auf mich runtergucken. Da könnte ich Professor werden und 3 Nobelpreise kriegen & da würd sich trotzdem nix dran ändern.

»Reicht das jetzt oder kommt noch was?«, fragt Conni.

»Nee, reicht«, sagt Özge & lehnt sich sehr zufrieden in ihrem Sessel zurück.

Conni beugt sich vor & guckt mich an & sagt: »Kannst da ruhig, wie du schon sagest, am Wochenende was schneiden, nicht wahr?«

»Nö, warum?«, frage ich zurück & bin plötzlich ganz stolz auf meine Haltung. »Ich fand es gut. Jedes Wort.«

»So«, brummt die mürrische Muriel. »Als Nächstes kommt das Kapitel mit den Studienfahrten.«

Da ist es plötzlich totenstill im Raum, als hätte jemand den Ton ausgeknipst.

Mir wird 1 bisschen übel.

Bisschen sehr sogar.

Muriel

Wieder beginnt es in meinem Hals zu wummern, ein richtiges Stampfen. Ich schlucke, doch es stampft weiter und kurz glaube ich, dass es in der bedrückten Stille hier im Keller jeder hören muss. Doch niemand sieht mich an. Niemand sieht irgendjemanden an, alle schauen zu Boden, an die Wände, an die Decke.

Lenny ist es, der das Schweigen bricht.

»Wollen wir als Erstes etwas für Precious überlegen?«

Dann haben wir es hinter uns – sagt er zwar nicht, meint er aber, und die anderen drei nicken dazu.

»Vielleicht etwas ohne Worte«, sagt Özge schließlich. »Einfach nur Musik?« Sie wendet sich an Lenny. »Wenn du ein paar schöne Aufnahmen zusammenschneidest, auf denen sie zu sehen ist, dann unterlegen wir es mit einem passenden Song. Oder Instrumentalmusik.«

»Okay, klingt gut«, meint Lenny, »dann zeig ich euch noch mal die Filme von der Ostsee und wir suchen was raus.«

»Muss nicht sein«, winkt Constantin ab. »Hab vollstes

Vertrauen in dich, dass du was Passendes findest, wenn du am Wochenende den Film fertig machst. Da müssen wir uns ja nicht alle drum kümmern.«

»Doch«, sagt Daria leise. »Das ist das Mindeste.«

Obwohl sie fast geflüstert hat, wirken ihre Worte wie eine unfehlbare Weisung. Lenny räuspert sich, schaut kurz zum Beamer hoch und zu mir, verzichtet aber auf einen weiteren Versuch und zeigt uns die Filme auf seinem Tablet.

Die Bilder aus Rerik huschen über den Bildschirm. Precious ist ein paar Mal darauf zu sehen, aber nie groß oder im Vordergrund. Sie wich der Kamera ständig aus, so hat es den Anschein. Genau wie Lennard. Na gut, auf den Bildern von den ersten beiden Tagen post er ständig rum und macht Gesten und Verrenkungen, die er witzig findet. Aber ab dem dritten Tag wurde er plötzlich scheu, denn da hatte er dieses Veilchen. Ein wahrhaft blaues Auge, als hätte ein Profiboxer ihn frontal erwischt. Angeblich ist er aus Blödheit gegen einen Türrahmen gelaufen. Wäre ihm wohl zuzutrauen.

Nur eine Person scheint noch seltener auf den Bildern aufzutauchen. Ich.

Ich hasse Kameras. Ja, das klingt natürlich paradox, denn du weißt ja, was ich hier inszeniere. Aber du weißt auch, warum ich es tue. Normalerweise mag ich überhaupt nicht gefilmt werden. Außer wenn ich ganz selten mal zu einer Gothic Convention gehe. Aber das bin ja dann nicht ich, die gefilmt wird, sondern eine Kunstfigur. Als Kunstfigur fühle ich mich gut. Als ich selbst fühle ich mich oft elend. Mit der Zeit erarbeitest du dir ja Methoden, dir Menschen vom Hals zu halten und für dich zu sein. Auf so einer Studienfahrt geht das natürlich nicht, da schmilzt deine Privatsphäre auf das Volumen deines Koffers zusammen. Immerhin *habe* ich Sachen, die ich einpacken und mitnehmen kann. Dinge, die mich überallhin begleiten. Wie das Bild von meiner Mutter. Precious hatte nichts. Oder fast nichts.

Precious hatte keine Bilder von ihrer Familie, überhaupt keine persönlichen Gegenstände aus der Zeit vor ihrer Ankunft in Deutschland. Was sie in ihrem Rucksack bei sich trug – Klamotten und Kosmetik, Handy, ein paar Bücher – und auch der Rucksack selbst bestand aus mildtätigen Spenden oder sie hatte es von ihrem erbärmlich geringen Taschengeld gekauft. Vielleicht war das schon ihr ganzer Besitz. Auch den alten Parka mit der Fellkapuze hatte sie eingepackt, obwohl es seit ein paar Tagen noch mal richtig warm geworden war. Das einzige halbwegs persönliche Teil war jener abgrundtief hässliche Wecker in Form eines etwa tennisballgroßen Totenschädels aus Plastik. Sie platzierte ihn auf ihrem Nachttisch, als wir unser gemeinsames Zimmer in der Jugendherberge bezogen. Wir hatten uns nicht bewusst entschieden, uns während der Reise ein Zimmer zu teilen, denn ich hatte mir ja vorgenommen, sie nicht mit meiner Freundschaft zu bedrängen. Aber wir beide waren schlicht übrig geblieben, nachdem alle anderen schon Wochen vor der Abfahrt geklärt hatten, wer mit wem zusammenhausen würde. Ich gebe zu, dass ich grundsätzlich auch einen Faible für solches Zeug habe – Totenschädel, Pentagramme, schwarze Kerzen und dergleichen –, aber diesen Wecker in seiner kitschig billigen Machart fand ich abstoßend, und ich konnte nicht ahnen, dass er bald auf meinem Schreibtisch neben dem Laptop ein neues Zuhause finden würde.

»Dafür musste ich nur zwei Euro bezahlen«, sagte Precious und klang fast stolz, als habe sie ein besonders gutes Geschäft abgeschlossen. »Hamlet, verstehst du?«

»Oh«, lächelte ich. »To be or not to be. Das ist durchaus eine Frage, die man sich jeden Morgen nach dem Aufwachen stellen möchte.«

Ich hatte ja keinen Schimmer davon, wie akut diese Frage für Precious da schon war – keine drei Tage vor ihrem Tod.

Das Bild von meiner Mutter hat etwa die Größe einer Postkarte und ist in einen schlichten schmalen Holzrahmen gefasst. Ich hatte es nie zuvor in Gegenwart einer Freundin hervorgeholt. Weil ich nämlich schon lange keine richtigen Freunde mehr gehabt habe. Precious wollte zwar nicht meine Freundin sein, aber sie schaute mir trotzdem sehr aufmerksam zu, wie ich das Bild auf dem Bord neben meinem Bett aufstellte. Ohne zu fragen, wer das sei, sagte sie: »Du siehst ihr wirklich sehr ähnlich.«

»Echt?«

Ich legte den Kopf schräg und fast berührten sich unsere Wangen, während wir beide das Foto betrachteten. Darauf trägt meine Mutter ihr langes blondes Haar offen, und weil das Foto schwarz-weiß ist, sieht man die vielen grauen Strähnen nicht. Es gibt auch Bilder, auf denen sie lächelt, doch die sehen alle ein wenig künstlich aus. Hier blickt sie ernst an der Kamera vorbei in die Ferne, vielleicht in ihre düstere Vergangenheit. Oder ihre düstere Zukunft, was dasselbe wäre.

»Ihr Name war Kathrin«, sagte ich. »Sie hat Tabletten genommen. Da waren Ferien, ich war bei meinen Großeltern und mein Vater auf einer seiner vielen Geschäftsreisen. Sie hat zwei Tage in ihrem Bett gelegen. Ganz friedlich, hieß es, wie Dornröschen. Die Putzfrau hat sie gefunden.«

»Ich verstehe nicht. Tabletten?«

»Sie hat sich umgebracht. Selbstmord, verstehst du? Suicide. Ich war dreizehn.«

Wie gern hätte ich jetzt geweint. Vielleicht hätte mich Precious in den Arm nehmen und trösten können, das wäre schön gewesen. Aber ich hatte mir das Weinen so gründlich abtrainiert, dass ich es völlig verlernt hatte. Und Precious sah mich seltsam an. Fatalerweise dachte ich in diesem Augenblick, dass jemandem wie ihr, die sich während ihrer monatelangen Flucht mit aller Verzweiflung ans nackte Überleben geklammert hatte, der Gedanke an Selbstmord absurd erscheinen musste.

Sie setzte sich auf ihr Bett und wartete, ob ich weitersprach. Ich ließ mich auf den Boden sinken und zog die Beine unter meinem Po zusammen, was dem Rücken eine gerade Haltung gibt.

»Ihren Namen hatte sie von ihrer Mutter«, sagte ich, »die hieß Katharina. Oma Rina habe ich immer zu ihr gesagt. Oma Rina war vier Jahre alt, als hier in Deutschland der Krieg zu Ende ging. Also der Zweite Weltkrieg. Sie hat mit ihrer Familie irgendwo im Osten gelebt, einer Gegend, die heute zu Polen gehört oder zu Russland. Sie sind geflohen, über das Meer.«

Wie du, wollte ich sagen, aber das schluckte ich herunter. Precious verstand es ohnehin.

»Das Schiff sank, ich weiß nicht, wieso. Vielleicht wurde es beschossen oder es war einfach zu voll und kenterte ... die Verwandten meiner Oma sind alle ertrunken. Das war auf der Ostsee, weißt du? Irgendwo auf dem Grund dieses Meeres, das dahinten beginnt, liegt meine Uroma.«

Precious schaute unwillkürlich aus dem Fenster, vor dem man bloß ein paar Birken sah, deren gelbe Blätter im Herbstwind flatterten.

»Nur Oma Rina wurde gerettet«, fuhr ich fort. »Sie lebte in einem Kinderheim, bis ihr Vater sie irgendwann fand. Mein Uropa. Bei ihm und einer hartherzigen Stiefmutter ist Oma Rina aufgewachsen. Es muss eine entsetzliche Kindheit gewesen sein, aber sie hat nie darüber gesprochen, hat nie geklagt. Immer nur nach vorn geschaut, hat sich eine Zukunft aufgebaut. *Hier wird nicht gejammert,* hat sie immer zu mir gesagt, wenn ich im Sommer bei ihr auf dem Land gewesen war und zum Beispiel in die Brennnesseln fiel. All ihre unermesslichen Ängste, ihre Trauer und Einsamkeit hat sie niemals ausgelebt. Das hat stattdessen meine Mutter getan. Quasi stellvertretend. Es soll irgendwann nach meiner Geburt angefangen haben. Angststörungen, Depressionen und so weiter. Natürlich habe ich das als Kind nicht verstanden. Das alles hat mir viel später erst, nachdem meine Mutter längst tot war, mein Therapeut erklärt. Zu dem musste ich zweimal pro Woche, mein Vater hat sicher ein Vermögen dafür ausgegeben und auch für den Fahrdienst zur Therapiesitzung und zurück, denn ich musste immer allein hinfahren, während mein Vater irgendwo anders war. Zu Hause wartete irgendein Au-pair-Mädchen auf mich. Ich habe dann mal ein halbes Jahr bei Oma Rina gelebt, aber das ging überhaupt nicht gut, sie war seit dem Tod ihrer Tochter, meiner Mutter, vollkommen verschlossen und hat mich so mechanisch behandelt, als wäre sie ein Android. Später bin ich in einem Internat gewesen, dann in einem anderen, aber ich hasste es, so eng mit Leuten zusammenzuleben. Schließlich ist mein Vater mit mir umgezogen und hat dieses monströse Haus gekauft, in dem wir jetzt leben, hat es wieder mit einer Kinderfrau für mich versucht, aber die habe ich irgendwann weggeekelt. Inzwischen bin ich ja wirklich alt genug, um für mich selbst zu sorgen.« Gegen meinen Willen musste ich lachen. »Geld hat nie eine Rolle gespielt, echt nicht, mein Vater hat alles versucht, um mir Liebe und Fürsorge zu kaufen. Genau wie vorher schon bei meiner Mutter. Nur die allerfeinsten Kliniken, nur die allerteuersten Therapien. Und was das gebracht hat … nun ja.«

Plötzlich saß da ein Kloß in meinem Hals und ging nicht mehr weg. Er erstickte jedes weitere Wort, er würde sich mit Sprache nicht vertreiben lassen, nur mit Tränen vielleicht, aber die kamen eben nicht. Precious sah mich an, und wie so oft war ich mir nicht sicher, wie viel sie von dem verstand, was ich da erzählte. Noch nie hatte ich jemandem diese Geschichte erzählt und war nun auf alle möglichen Reaktionen gefasst; nur nicht auf diese eine Frage, die sie mir jetzt stellte:

»Heißt das, dass du reich bist?«

»Bitte?«, fragte ich verwirrt. »Ähm … ja, wenn du es so nennen willst. Ich bin – oder vielmehr mein Vater ist sehr reich. Unanständig reich.«

»Das habe ich nicht gewusst.«

Sie schlug die Augen nieder. Und ich hatte nicht den leisesten Schimmer, warum sie das sagte oder ob diese Information für sie etwas an dem Verhältnis zwischen uns änderte. Ich suchte nach einer guten Formulierung, um sie das zu fragen, doch stattdessen sagte sie völlig ansatzlos: »Es wurde gerade hell, als sie kamen. Von überall gleichzeitig – von der Veranda, über das Dach, durch die Fenster und durch die Hintertür, schrien durcheinander und rissen uns aus unseren Betten. Mich und meine Geschwister. Ich hatte drei Schwestern und zwei Brüder. Und meine Eltern. Und meine Großeltern. Und dann schossen sie. Bäng, bäng, bäng. Klack, klack, klack.« Diesmal war es kein Deal. Diesmal erzählte sie mir die Geschichte nicht mit dem Ziel, dass ich sie anschließend in Ruhe ließ. Diesmal war es ein echter Austausch zwischen uns. Sie saß auf dem Bett, blickte vor sich hin und fuhr mit dem Zeigefinger auf ihrem Oberschenkel hin und her, malte wieder jene Linien, wie schon mit dem Kuli in der Bibliothek damals und später mit dem Strohhalm im Café. »Mein Vater und meine Brüder wurden getötet. Meine Mutter und meine Schwestern haben sie mitgenommen. Ich glaube, sie haben mich liegen gelassen, weil sie dachten, dass ich tot bin. Und ich dachte das auch. Ich lag zwischen meinen Brüdern, voller Blut. Aber es war nicht meins. Ich atmete. Ich roch das Blut. Ich hörte die Fliegen summen. Ich spürte, wie sie an mir herumkrabbelten. Ich hatte Angst, dass die Männer zurückkommen. Am Mittag. Oder am Abend. Oder in der Nacht. Als es draußen wieder hell wurde, kamen aber nur die Fliegen zurück, die Männer nicht. Da bin ich hinausgekrochen. Ich ging zu meiner Tante, von der ich dir schon erzählt habe. Irgendwann kam die Nachricht, dass meine Schwestern und meine Mutter auch getötet worden sind. Weil sie sich nicht unterwerfen wollten. Sie waren zu stolz.« Precious zuckte mit den Schultern, als wisse sie nicht, wie sie das finden sollte. »Das war der Tag, an dem meine Tante mich fortgeschickt hat.«

Ich saß auf dem Boden, sah zu ihr hoch und wartete, dass sie weitersprach. Aber sie schwieg. Auch das Malen der unsichtbaren Linien hatte aufgehört. Ihre Hände lagen jetzt rechts und links auf der Bettkante, ihr Oberkörper war leicht vorgebeugt und sie blickte auf ihre Knie, als läge da ein Buch, in dem sie noch einmal nachlesen konnte, was sie mir gerade geschildert hatte. Plötzlich fiel mir auf, dass sie in diesem Moment genauso aussah wie der *Lesende Klosterschüler*, jene Holzplastik von Ernst Barlach, die eine wichtige Rolle in diesem Roman spielt, der uns überhaupt hierher an die Ostsee gebracht hatte. Ihr ganzer Körper sah wie eine Plastik aus, ihr ebenmäßiges Gesicht mit der kleinen Narbe wie geschnitzt. Eine Holzfigur, die nicht über ihr eigenes Schicksal entscheiden konnte. Von der man lediglich wusste, dass sie nach Schweden gebracht werden musste, um in Sicherheit zu sein.

Ich weiß nicht, wie lange wir reglos und schweigend so verharrten, bis sich Stimmen und Fußgetrappel auf dem Flur erhoben, bis jemand an unsere Tür klopfte, die Tür aufschwang und der Kopf von Daria erschien, deren Zimmer gleich neben unserem lag.

»Hallo, ihr beiden«, rief sie fröhlich, »wir sollen … Entschuldigung.« Sie hielt inne, machte ein schuldbewusstes Gesicht und sagte leise: »Wir sollen uns im Speisesaal treffen, sagt der Gusenhöfer. Ähm … wir besprechen das Programm und gehen dann zum Strand.«

Wir nickten bloß.

»Also dann …«

Daria schloss die Tür wieder und die Stille kehrte zurück, aber der Bann des Augenblicks war gebrochen. Ich rappelte mich hoch, auch Precious erhob sich, wir zogen unsere Schuhe an, gingen schweigend durch den Flur, die Treppe hinab und folgten den anderen in den Speisesaal, wo sich unsere flüchtige Zweisamkeit im Getümmel von achtzig völlig übersteuerten Leuten auflöste.

Bei meiner letzten Klassenfahrt war ich noch ein Kind gewesen. Da ging es um Lagerfeuer, Nachtwanderung und Streichespielen. Jetzt, wo die meisten von uns siebzehn und einige schon achtzehn waren, hatte das Setting etwas Gezwungenes. Vor allem die Jungs aus dem Wirtschaftskurs mussten ständig raushängen lassen, wie uncool sie all das fanden. Ein paar Leute wie Daria versuchten, gute Stimmung zu verbreiten. Sie saßen abends mit Gitarre im Garten der Jugendherberge und sangen Lieder, während wieder andere sich gegenseitig darin überboten, möglichst viel Alkohol ins Haus zu schmuggeln. Den Gusenhöfer und seine beiden Kolleginnen schien das nicht zu interessieren, solange nichts davon nach draußen drang und jeder seine Kotze selbst wegwischte. Und natürlich gab es reichlich Bewegung auf dem Pärchenmarkt. Was mich in der Regel nicht im Mindesten interessierte, wäre nicht am zweiten Abend plötzlich Darias Gitarre verwaist gewesen und hätte ich sie nicht am Morgen des dritten Tages beim Frühstück verstohlen mit Constantin Händchen halten gesehen. Sie tat, als sei das ungehörig. Vielleicht war es das, was ihm, der weit verbreiteten Ansichten zufolge *jede haben konnte,* daran gefiel – dass Daria sich nicht damit brüstete.

Ich absolvierte pflichtschuldig das offizielle Programm und hielt mich wie gewohnt von jeder Form von Freizeitgestaltung fern, setzte wann immer möglich meine massiven Bluetooth-Over-Ear-Kopfhörer auf und ging am Strand spazieren oder lag einfach auf dem Bett und glotzte Precious' hässlichen Schädelwecker an. Precious sah ich kaum, sie zog sich irgendwohin zurück und sprach nicht mehr richtig mit mir, als wäre es ihr unangenehm, dass wir uns so viel voneinander erzählt hatten. Ich kannte ihre verschlossene Art inzwischen zur Genüge und hatte oft heimlich bewundert, welche vermeintliche Ruhe sie dadurch ausstrahlte.

Doch mit der Ruhe war es vorbei. Seit unserer Ankunft glaubte ich, eine wachsende Nervosität bei ihr zu verspüren. Anfangs schob ich auch das auf meinen Verdacht, dass ihr unser Gespräch in Nachhinein peinlich war, aber damit konnte es nichts zu tun haben. Sie wirkte hibbelig, als bereite sie sich auf irgendetwas Wichtiges, Entscheidendes vor. Ich vermied es fast bis zum Schluss, sie darauf anzusprechen. *Bis zum Schluss* – damit meine ich den dritten und letzten Abend der Reise, von dem wir noch nicht wissen konnten, dass er der letzte war, weil am folgenden Tag Precious' Tod – oder in der offiziellen Sprachregelung aller anderen: *Precious' Verschwinden* – zum Abbruch der Fahrt führen sollte.

Gusenhöfer hatte einen freien Nachmittag und Abend ausgerufen, was bedeutete, dass es nach sechzehn Uhr kein offizielles Programm mehr gab, selbst die Teilnahme am Abendessen war freigestellt und so hatte sich das Volk verlaufen. Viele waren ins Städtchen gegangen, wollten Pizza essen oder ins Kino gehen, andere hingen irgendwo auf dem

Gelände ab und ich genoss den Frieden, lag wieder einmal auf meinem Bett, als Precious ins Zimmer kam. Sie sagte nichts, aber meine Anwesenheit schien sie plötzlich als störend zu empfinden. Sie tigerte sinnlos in dem winzigen Zimmer herum, öffnete ihre Seite des wackligen Kleiderschrankes und inspizierte ihre Anziehsachen, griff wahllos hinein, zog die Hand wieder heraus, nahm ihren Rucksack hoch, legte ihn aufs Bett, warf ihn wieder herunter, suchte ihre Hosentaschen ab, fummelte mit dem Handy herum und zog sich dann – bevor ich mich durchringen konnte, etwas zu ihr zu sagen – ins Bad zurück. Ich wollte mich einfach zur Wand drehen, hielt aber plötzlich inne und spürte ein Hämmern in meinem Hals … Precious hatte ihr Handy auf ihren Nachttisch gelegt. Ich setzte mich auf, nahm die Kopfhörer ab und lauschte ins Bad. Precious hantierte mit irgendwelchen Sachen, dann hörte ich das Geräusch, mit dem der Klodeckel aufklappte und gegen die Fliesenwand klackte. Ich gab mir innerlich eine halbe Minute, schwang die Beine aus dem Bett und griff nach dem Handy. Herzklopfen. Immer lauter. Der Sperrbildschirm hatte keine PIN, ich wischte ihn fort, sah kurz auf das Display und tippte auf das WhatsApp-Icon. Von nebenan hörte ich Stimmen. Also nicht aus dem Bad, sondern von der anderen Seite, aus dem Zimmer, das Daria mit Hatice teilte. Die eine Stimme gehörte Daria, die andere Constantin. Das brachte mich kurz aus dem Konzept und ich fluchte innerlich über meine Neugierde, bevor ich Precious' Chats überflog. Ich stand wie unter einem Zwang, konnte nicht davon ablassen. Die Namen sagten mir nichts, die Unterhaltungen fanden auf Englisch statt. Vermutlich hatte sie Kontakt zu ein paar alten Freunden oder Verwandten in Nigeria oder anderen Flüchtlingen in Deutschland, keine Ahnung. Im Bad rauschte die Klospülung. Rasch wollte ich das Handy weglegen, da stach mir ein Chat ins Auge. C.R. war der Name abgekürzt, doch als ich auf das Profilbild tippte, gab es keinen Zweifel: Constantin Rüdenscheid. Die Nachricht war vom Mittag. *Heute Abend, Lavinia,* schrieb Constantin. *Dimetrius und Chiron werden liefern. Und du auch.* Precious hatte schlicht *Ja.* zurückgeschrieben. Im Bad lief der Wasserhahn. Erschrocken, planlos tippte ich die App weg und drückte auf den Knopf, damit der Sperrbildschirm meine Schandtat verdeckte, warf das Handy wieder auf den Nachttisch und lag mit einem ohrenbetäubenden Rauschen im Kopf auf meinem Bett, als Precious aus dem Bad kam. Nebenan kicherte Daria. Das heißt: Es klang, als *sollte* es sich nach Kichern anhören, als würde sie ihm, Constantin, Spaß vorspielen. Ich spielte ja auch gerade etwas vor, verkrampfte mich regelrecht, aber Precious war derart in Gedanken, dass sie gar nicht auf mich achtete. Sie hockte sich im Schneidersitz auf ihr Bett, nahm ihr Handy und wischte darauf herum.

»Hey, warte mal«, hörte ich Daria von nebenan. »Das geht mir jetzt aber zu schnell.«

Constantin sagte etwas, aber so leise, dass es nicht durch die dünne Wand drang, die mein Bett von Darias trennte.

Darauf sagte sie wiederum vernehmlich: »Ich kann mich nicht entspannen, wenn ich mich entspannen *soll.* Man kann ja auch nicht an kein grünes Kamel denken, wenn man es nicht soll.«

Constantin lachte. Dann sagte er – und diesmal verstand ich ihn gut: »Vertrau mir einfach, okay? Ich weiß, was ich tue.«

»Hast du nicht vorhin gesagt, du hättest das noch nie getan?«, fragte Daria zurück.

Es reichte. Ich sprang auf. Das war zu viel. Zu viel auf einmal.

»Precious!«, sagte ich streng. Leise genug, damit Constantin und Daria es nebenan nicht mitbekamen, aber doch so nachdrücklich, dass Precious wie unter einem elektrischen Schlag zusammenzuckte und mich erschrocken ansah.

»Precious.« Ich setzte mich neben sie und ergriff ihre linke Hand. »Ich habe etwas sehr Schlechtes getan, das ich dir am liebsten verschweigen möchte, aber das geht nicht, denn ich muss mit dir darüber reden.«

Instinktiv schloss sich ihre rechte Hand um das Handy, als könnte sie mich und meine Neugierde doch noch aussperren.

»Ich habe gesehen, was Constantin dir geschrieben hat. Es ... war nicht okay von mir, ich weiß, aber ich habe nun einmal gesehen, was ich gesehen habe – und es macht mir Angst. Hörst du? Angst! Ich habe Angst um dich. Was hat er mit dir vor? Was wollen er und dieser ... andere ... *liefern*? Und was ist es, das *du* liefern sollst? Hey, bitte schau mich an! Bitte, bitte, Precious, es macht mir Angst, verstehst du das nicht? Was haben sie mit dir vor? Was sollen diese Namen? Lavia oder so und Dimitri und Dings ... was geschieht da? Das bedeutet doch nichts Gutes!«

So sanft wie unwiderruflich zog sie ihre Linke aus meinen beiden Händen hervor.

»Ich habe ihm versprochen, dass es unser Geheimnis bleibt«, flüsterte sie und wich meinem Blick aus.

»Wem versprochen? Constantin?«

Precious nickte. Nebenan klappte die Zimmertür zu, Schritte verloren sich auf dem Flur, der Genannte schien sich zu entfernen. Er hatte mich doch nicht etwa gehört? Oder Daria hatte ihn einfach hinausgeworfen. Ich wünschte ihr, dass es so war.

»Worum geht es?«, fragte ich. »Um Geld? Will er dir Geld geben?«

»So ähnlich.«

»Das habe ich mir gedacht! Und was sollst du für ihn tun? Für ihn und diesen anderen?«

Von nebenan drang gedämpftes Rauschen herüber. Offenbar musste Daria nach ihrem Stelldichein erst einmal duschen.

»Precious. Herrgott, ich hatte doch keine Ahnung, dass du so dringend Geld brauchst.« Ich wollte wieder nach ihrer Hand greifen, verkniff es mir, raufte mir stattdessen die Haare. »Wozu überhaupt? Um nach Schweden zu kommen?«

Sie nickte.

»Warum hast du *mich* nicht gefragt?«

»Ich wusste es doch nicht.«

»*Was* wusstest du nicht?«

»Dass du so reich bist.«

»Nein«, schnaubte ich. »Das wusstest du nicht, weil man es mir nicht ansieht. Weil ich es nicht raushängen lasse. Und weil …« – ich wollte es nicht mehr herunterschlucken – »… du dich nie wirklich für mich interessiert hast.« Sie drehte den Kopf von mir weg, als hätte ich sie geschlagen. Aber statt endlich mit meiner Tirade aufzuhören, steigerte ich mich richtig hinein. »Selbst wenn ich nicht reich wäre«, fuhr ich fort, »hättest du mich trotzdem fragen können. Dann hätten wir gemeinsam eine Lösung gefunden. Irgendeine Perspektive.«

»Perspektive«, wiederholte sie. »Seltsames Wort. Özge hat es auch zu mir gesagt. Aber ich habe ihr gesagt, es gibt nichts. Und jetzt sage ich es auch dir: Da ist kein *Wir*. Und Özge hat gesagt, dass Constantin und seine Freunde sehr reich sind.«

»Özge!«, entfuhr es mir. »Was für eine dämliche Kuh!« Ich ballte die Fäuste. »Precious! Wenn Constantin dir irgendetwas antut, dann bringe ich ihn in den Knast. Das schwöre ich.«

Da wandte sie sich mir wieder zu und in ihren Augen flammte etwas auf. Zorn.

»Ich habe vor einiger Zeit eine Frau getroffen, die auch aus Nigeria kam«, sagte sie. »Esther. Ein Mann hat sie nach Deutschland gebracht und ihr versprochen, dass sie in einem Hotel arbeiten kann. Aber zuerst sollte sie ihre Schulden bezahlen. Das Geld, das die Reise gekostet hat. Dazu sollte sie als Prostituierte arbeiten. Aber sie wollte das nicht. Da hat der Mann sie verprügelt. Und weißt du, was dann geschah? Esther sitzt jetzt im Gefängnis. Sie nennen das Abschiebehaft. Und der Mann, der ihr das angetan hat, läuft irgendwo da draußen frei herum. Verstehst du das? Muriel? Die Männer gehen nicht ins Gefängnis. Die Frauen gehen.«

»Das ist …« Weiter wusste ich nicht.

Nebenan rauschte die Dusche.

»Da ist kein *Wir*«, wiederholte Precious.

»Doch«, beschwor ich sie. »Ich kann dir immer noch Geld geben. Ich habe Sparkonten, Aktien … ich bin achtzehn, ich komme an alles ran, ohne irgendwen fragen zu müssen. Ich geb dir das Geld. Ich geb dir doppelt so viel, wie er dir gibt. Dreimal so viel!«

»Zu spät«, flüsterte sie.

»Was sollst du für ihn tun und für diesen anderen? Geht es um Sex?«

Statt einer Antwort wandte sie ihr Gesicht wieder von mir ab.

»Dann … Herrgott, dann geb ich eben nicht dir das Geld, sondern direkt ihm. Falls es wofür auch immer *zu spät* ist. Wenn er dich gekauft hat, dann kaufe ich dich eben wieder zurück!«

»Ha, genau!«, schrie Precious plötzlich. »Das ist, wie ihr eure Dinge tut. Das ist, wie ihr seid. Wie ihr die Welt versteht. Alle von euch, Muriel!« *Mijuriel!*

»Bitte … so habe ich das nicht gemeint.« Ich berührte ganz leicht ihre Schulter, aber sie schlug meine Hand weg.

Ich biss mir auf die Lippen. Nebenan rauschte immernoch die Dusche. Wie lange eigentlich schon? Musste ich mir um Daria etwa auch Sorgen machen? Hatte er, also Constantin, ihr etwas angetan? Was für ein Schwein! Bedrängte und nötigte seine neue Freundin zu Dingen, die sie nicht wollte, und war doch für denselben Abend verabredet, um mit Precious dasselbe, wenn nicht Schlimmeres zu machen.

»Hey«, rief ich. Wieder zuckte Precious zusammen. Vielleicht hatte ich die falsche Strategie angewendet, vielleicht war ich viel zu sanft und zu vorsichtig gewesen, hätte stattdessen ganz streng mit ihr reden sollen, autoritär oder zumindest klarer. »Wann musst du dich mit ihnen treffen?«

»Um sieben«, antwortete sie ohne Zögern. Der Strategiewechsel schien zu funktionieren.

Ich sah auf ihren Schädelwecker. Das wäre in einer Stunde.

»Hör zu«, sagte ich. »Ich gehe mit dir. Ich begleite dich und rede mit ihnen. Klar? Und dann werden wir ja sehen. Und du bleibst solange hier und rührst dich nicht vom Fleck.«

Ich stand auf und ging zur Tür. Precious folgte mir mit ihren Blicken. Noch nie hatte ich mit jemandem so gesprochen. Und eigentlich war es lange her, dass ich überhaupt so viel mit jemandem gesprochen hatte. Ich erwiderte ihren Blick, nicht ahnend, dass ich sie zum letzten Mal sah.

Ich öffnete die Tür und wäre um ein Haar gegen Specki-Lenny Krüger geprallt, der sich offenbar draußen auf dem Gang vor unserem Zimmer herumdrückte.

»Was wird das denn?«, schimpfte ich. »Lauschst du etwa?«

»Quatsch«, machte er bloß, schob eine Hand in seine Hosentasche und schlenderte betont unauffällig den Gang hinunter. Seltsamer Typ – hatte er nichts Besseres zu tun?

Ich wartete, bis er verschwunden war, dann wandte ich mich der Tür des Nachbarzimmers zu, in dem Daria und Hatice wohnten. Ich klopfte, was aber Unsinn war, denn wenn ich nicht völlig danebenlag, war Hatice mit den anderen fortgegangen, und Daria stand ja unter der Dusche. Ich drückte ganz langsam die Klinke. Niemand war im Raum, nur das Rauschen der Dusche drang aus dem Bad. Trotzdem schloss ich die Zimmertür so leise wie möglich und schlich auf Zehenspitzen quer durch den Raum zur Badezimmertür. Auch hier drückte ich behutsam die Klinke. Ein Schwall heißen Nebels quoll mir entgegen. Erst als er sich ein wenig verzog, sah ich Daria. Sie saß am Boden der Dusche, lehnte mit dem Rücken an der Fliesenwand und ließ mit geschlossenen Augen das Wasser auf sich niederprasseln. Ich schob einen Teil der Glaswand zurück und sagte: »Bitte nicht erschrecken.«

Sie erschrak überhaupt nicht. Öffnete nur die Augen und schaute verwundert zu, wie ich das Wasser abstellte und ein flauschiges Badehandtuch von der Stange nahm. Ganz selbstverständlich nahm sie meine Hand, die ich ihr hinstreckte, ließ sich von mir hochziehen und in das Handtuch hüllen. Ich begann, sie vorsichtig abzutrocknen, und musste plötzlich an meine Mutter denken, wie sie mich abtrocknete, wenn ich als kleines Kind gebadet hatte.

Daria ließ es geschehen, schloss wieder die Augen und schmiegte sich schließlich an mich.

»Was hat er dir nur angetan?«, flüsterte ich.

»Nichts«, flüsterte sie zurück. »Überhaupt nichts.«

»Aber ich dachte …«

Lag ich denn so vollkommen daneben? War ich darauf hereingefallen, dass diese Szene etwas Filmreifes hatte? Wo in jedem Thriller das Bild einer Frau, die unter der Dusche kauert, den Zuschauer auf ein gerade geschehenes Verbrechen einschwört?

»Es ist okay«, sagte Daria. »Er wollte sicher bloß zärtlich zu mir sein. Aber ich fühlte mich so komisch. Ganz komisch irgendwie, ich kann das gar nicht verstehen. Ich war noch nie so nah mit einem Jungen zusammen … also, mit seinem Körper. Ich dachte, dass ich das schön finden würde, aber es war nur … komisch irgendwie.«

Noch immer hielt sie die Augen geschlossen, öffnete das

Handtuch, in das ich sie gehüllt hatte, und schlang es um uns beide, als wäre das ein Zaubermantel, unter dem man sich verkriechen und unsichtbar machen könnte. So hielten wir uns gegenseitig und ich spürte durch mein Shirt hindurch die Haut ihres überhitzten Körpers.

»Ich dachte, das wäre einfacher«, murmelte sie. »Bist du schon einmal mit einem Jungen zusammen gewesen? Ich meine ... körperlich?«

»Nein«, sagte ich und das Wort hämmerte plötzlich in meinem Hals. »Ich glaube, ich empfinde nichts für Jungs.«

Daria erstarrte unvermittelt und schlug die Augen auf.

»Vergiss es«, sagte ich. »Wir halten uns einfach nur ein bisschen gegenseitig fest, ja?«

»Ja.« Sie schloss die Augen wieder.

Auch ich schloss die Augen und legte meinen Kopf an ihren, meine Wange an ihr feuchtes Haar.

»Zum ersten Mal einem Mädchen so nah zu sein«, sagte ich irgendwann leise in ihr Ohr, »ist bestimmt noch viel komischer, als einem Jungen so nah zu sein.«

»Weiß nicht«, sagte sie in mein Ohr.

»Ob es komisch ist, weißt du nicht?«, fragte ich.

»Ob das für mich das erste Mal ist«, sagte sie.

Eifersucht stieg in mir auf. Ich konnte sie gar nicht richtig greifen; sie war da, richtete sich aber gegen niemanden persönlich, am ehesten vielleicht noch gegen die Komplexität menschlicher Existenz. Alles war mir zu unübersichtlich, viel zu viele Menschen beteiligt, und nebenan saß Precious wie befohlen und wartete auf mich. Ich musste wieder zu ihr, bevor sie noch auf dumme Gedanken kam und einen Fehler beging.

Ich löste mich aus Darias Umarmung, legte die losen Enden des Handtuchs wieder um ihre Schultern und sagte: »Ich wollte dich nicht überfallen.«

»Hast du nicht.«

»Okay.«

»Ja.«

»Ich … muss …«

»Ja.«

So ließ ich sie stehen.

Precious!

Ich war ein wenig benommen, als ich auf den Flur hinaustrat. Mein Kreislauf fühlte sich an wie nach einem Saunagang, aber das lag natürlich nicht an dem heißen Wasserdampf in Darias Badezimmer. Doch als ich wieder die Tür zu meinem eigenen Zimmer öffnete, explodierte mein Kopf. Precious war nicht da. Ihr Rucksack auch nicht. Ich riss den Schrank auf. Ihre Klamotten waren fort. Nur der potthässliche Plastiktotenkopf von Wecker stand noch dort und grinste mich an, als wollte er mich verhöhnen. Sein oder nicht sein.

Es war noch nicht einmal halb sieben. Ich musste sie finden, sie musste doch irgendwo in der Nähe sein. Verdammte Scheiße, wie hatte ich bloß ernsthaft glauben können, dass sie brav dort sitzen bleibt und auf mich wartet? Warum hatte ich nach dem Zeitpunkt gefragt, aber nicht nach dem Treffpunkt?

Ich rannte hinaus, den Flur entlang, warf mich gegen die Feuerschutztür und sprintete die Treppe hinauf, wo der Schlaftrakt der Jungs lag. Dort riss ich, ohne anzuklopfen, die erstbeste Tür auf und sah in die erschrockenen Gesichter von Enes und Oktay, die auf ihren Betten hockten; Oktay schob panisch eine Schnapsflasche unter sein Kopfkissen, bevor ihm klar wurde, dass ich nicht der Gusenhöfer war, sondern bloß die verrückte Muriel.

»Wo schläft Constantin?«, rief ich.

»Zwei Zimmer weiter«, sagte Enes mit ratloser Miene.

Ich knallte ihre Tür wieder zu, hetzte weiter durch den Gang und wollte in Constantins Zimmer stürzen, doch es war abgeschlossen. Ich hämmerte mit den Fäusten gegen die Tür, bis sich schließlich der Schlüssel im Schloss drehte und sie sich einen Spaltbreit öffnete. In dem Spalt erschien das kantige Gesicht von Laurenz, der mich aus befremdlich geweiteten Augen ansah.

»Wo ist Constantin?«, herrschte ich ihn an.

»Ach ... *du*«, wunderte er sich, als habe er jemand anders erwartet. Precious.

»Wo ist er?«, wiederholte ich.

»Keine Ahnung«, murmelte er. »Was soll das? Was willst du von ihm?«

»Geht dich nichts an. Oder vielleicht doch, vielleicht hängst du ja mit drin. Bist du der andere?«

Ich drückte mit aller Kraft gegen die Tür. Natürlich war Laurenz viel stärker als ich, doch etwas ließ ihn erschlaffen und zur Seite treten, vielleicht meine Worte oder mein Blick.

»Er ist nicht hier«, sagte er, »siehst du doch.«

Auf seinem Nachttisch sah ich ein winziges, durchsichtiges Plastiktütchen. Es war leer. Anders als Oktay unternahm er nicht einmal den Versuch, irgendetwas zu vertuschen.

»Du bist diejenige, die es nichts angeht«, sagte er dumpf.

»Was denn überhaupt?«, blaffte ich.

»Ganz egal«, sagte er. »Nichts hier geht dich irgendwas an.«

Ob er damit zu tun hatte oder nicht, ich würde es jetzt nicht aus ihm herausbekommen, ich verschwendete nur meine Zeit, solange ich nicht Precious oder Constantin fand. Ich ließ Laurenz stehen, rannte die Treppe hinunter und ins Foyer, zog mein Handy heraus und rief Precious an. Sie gehörte zu den wenigen aus der Stufe, deren Nummer ich gespeichert hatte. Es überraschte mich überhaupt nicht, dass ihr Handy ausgeschaltet war. Constantins Nummer hatte ich nicht, ich war ja nicht mal in der WhatsApp-Gruppe unserer Stufe. Ich konnte nichts weiter tun, als hier wie eine Irre herumzulaufen und ganz analog zu suchen. Oder Daria zu fragen. Als ich wieder vor ihrer Zimmertür stand, war auch die verschlossen. Alles Rufen, Bollern und Treten half nichts, niemand öffnete. Entweder verkroch sie sich oder sie hatte sich angezogen und war gegangen, irgendwohin. Ich lief wieder hinaus und stieß an der Tür mit Nessa zusammen, dieser eitlen Tussi, die ich am liebsten zusammengeschlagen hätte für alles, was an ihr so normal war, so eitel, so oberflächlich, so unschuldig, und weil sie mich dermaßen mitleidig ansah, als wäre ich eine entlaufene Schizophrene.

»Hast du Precious gesehen?«, rief ich, »oder Constantin?«

»Was willst *du* von Constantin?«, fragte sie bloß.

Ich stieß sie fort und lief weiter. Gab es denn hier nirgends einen vernünftigen Menschen mehr, der mir helfen konnte? Waren denn alle entweder ausgegangen oder gerade mit irgendwelchen Drogen beschäftigt? Wo waren die Lehrer, wenn man sie mal brauchte?

Fast niemand kam zum Abendessen in den Speisesaal und

die paar wenigen, die ich fahrig nach Precious oder Constantin befragte, schüttelten nur befremdet den Kopf. Irgendwann kehrte ich in mein Zimmer – *unser* Zimmer – zurück und warf mich niedergeschlagen aufs Bett.

Keine Spur von Precious, nur der grinsende Schädel. Ich nahm das Handy und googelte nach den Namen aus der kryptischen Nachricht, die Constantin geschrieben hatte. Da ich sie mir nicht richtig hatte merken können, gab es keine brauchbaren Treffer. Doch dann, während der Schädel weiter vor sich hin grinste, kam mir eine Idee. Ich kombinierte die Wortfetzen, die mir von den drei Namen im Gedächtnis geblieben waren, mit dem Namen von Precious' Lieblingsautor. Das führte mich zu einer Tragödie. *Titus Andronicus*, ein Frühwerk von Shakespeare. Ich fand eine Inhaltsangabe, überflog sie. Da gab es ein Mädchen. Lavinia. Das von zwei Männern, Dimetrios und Chiron, vergewaltigt wird …

»Das war alles«, sagt Lenny und holt mich ins Jetzt zurück. Er räuspert sich, seine Stimme klingt heiser. »Mehr Filme gibt es nicht, wo Precious zu sehen ist. Aber wir können das in Zeitlupe machen, dann kommen wir auf zwei, drei Minuten vielleicht. Hat jemand 'ne Idee für passende Musik?«

Niemand antwortet. Özge schluckt bloß und lässt sich wieder in ihrem Sessel nieder. Constantin setzt sich ebenfalls, kneift die Augen zusammen und massiert mit Daumen und Zeigefinger seine Nasenwurzel. Daria wischt sich eine Träne fort und hockt sich neben ihren Freund auf die Armlehne. Lenny hat sein Tablet auf dem Glastisch abgelegt, lehnt sich gegen die Wand und kratzt sich hinterm Ohr. Ich stehe allein mitten im Raum.

»Mir ist das zu wenig«, sage ich entschlossen. »Ich möchte, dass wir alle ein Statement abgeben. Jeder von uns. Dass jeder von uns erzählt, wann und wie er Precious zum letzten Mal gesehen hat.«

Die vier glotzen mich an. Sie glauben vermutlich, dass ich jetzt endgültig übergeschnappt bin. Constantin richtet sich in seinem Sessel auf.

Doch bevor er den Mund aufbekommt, sagt Özge: »Das ist doch konzeptlos, Muriel. Bei allem Verständnis.« Sie versucht, versöhnlich zu klingen. »Wir alle finden schrecklich, was passiert ist. Oder – vor allem, dass wir eben nicht wissen, was *wirklich* passiert ist. Aber Worte machen es doch nicht besser. Ich finde Lennards Vorschlag wirklich angemessen.«

Die anderen nicken.

»Aber wir …«

Jetzt wäre ein Plan gut. Ich habe keinen.

Schmerzhaft wird mir bewusst, dass ich gerade scheitere. Ich habe mich schlicht darauf verlassen, dass irgendetwas passiert, wenn ich nur die richtigen Personen hier in meinem Keller zusammenbringe. Ich habe auf irgendeine Dynamik gehofft, die leider nicht eintritt.

Wie viele Leute sind wohl jetzt gerade auf meiner Website? Fünf oder fünfzig? Fünfhundert? Sie sehen eine Inszenierung ohne Schlussakt, einen Krimi ohne Auflösung. Aufgrund von Blödheit der Dramaturgin. Ich mache mich netzweit zum Affen vor jedem, der uns gerade zuschaut. Vor dir. Und vor den vier Menschen hier um mich herum, die mich so mitleidig anschauen, als müsste ich in eine geschlossene Anstalt eingewiesen werden. Bis auf Constantin. Hinter seiner Stirn wird schwer gearbeitet. Die Häme weicht einem angestrengten Ausdruck. Er sieht aus, als müsse er in diesem einen Augenblick mehr und intensiver nachdenken als während der ganzen Schulzeit. Würde er jetzt einfach die Klappe halten, wäre er aus dem Schneider, wird mir unwillkürlich klar.

Stattdessen explodiert er.

»Weiß genau, was du willst!«, schreit er und fährt hoch. »Du hast das die ganze Zeit geplant. Bildest dir ein, du könntest mich in diesem fucking Sessel hier vor deiner fucking Kamera festnageln und mich dazu kriegen, dass ich irgendwas sage, was du hören willst. Richtig?«

»Hey, lass mal gut sein«, sagt Özge.

»Checkt ihr das denn nicht?«, ruft er, streckt den Arm aus und zeigt auf mich. Die Adern auf seinen Muskeln treten hervor. »Die hat noch nie bei irgendwas mitgemacht. Wieso hat die sich plötzlich gemeldet, dass wir zu ihr kommen sollen, um diesen fucking Film zu machen? War doch von Anfang an komplett unnötig, was wir hier machen. Und hat die nicht sogar selber vorgeschlagen, dass ich dabei sein soll? Fand ich damals schon völlig bescheuert. Hatte bloß null geschnallt, wie sie drauf kam. Aber jetzt peil ich das alles.«

Sein Arm ragt weiter in der Luft, als wolle er mich mit seinem Finger durchbohren. Daria rutscht von ihrer Armlehne und greift nach ihm, um ihn zu beruhigen, aber er schüttelt ihre Hand ab wie eine Fliege. Lenny kratzt sich immer hektischer hinterm Ohr.

Özge steht auf und sagt: »Das war's für mich, Leute. Wir

brechen ab. Das hat keinen Sinn mehr, so können wir nicht arbeiten.«

»Aber wir sind doch fast fertig«, sagt Daria leise. »Können wir uns nicht noch einen letzten Augenblick zusammenreißen?«

»Dein Freund anscheinend nicht«, entgegnet Özge. »Und davon abgesehen«, sie sieht mich vorwurfsvoll an, »war es wirklich deine Idee, Muriel. Das hatte ich völlig vergessen, aber jetzt ... wo Constantin es sagt. Du hast das alles hier inszeniert. Es tut mir sehr leid, dass du mit Precious' Verschwinden nicht klarkommst. Ein bisschen kann ich das sogar verstehen. Aber das hier ... das ist mir zu krank. Falls ihr vier euch doch noch zusammenrauft, dann macht ihr eben den Rest ohne mich. Ich muss dringend hier raus. Vor allem brauche ich dringend eine Zigarette.«

»Du kannst hier drin rauchen«, sage ich.

»Bitte?«

»Wir klären das jetzt und hier.« Ich weiß selbst nicht, was mich urplötzlich so sicher macht. Vielleicht hat Constantins Ausbruch in mir die Hoffnung geweckt, dass doch noch etwas passiert.

»Willst du uns etwa festhalten?« Özge schlägt sich an die Stirn. »Komm mal runter, Muriel. Komm mal in die Wirklichkeit zurück. Da ist nichts zu klären. Und wir sind nicht deine Geiseln. Ich gehe jetzt.«

Sie holt ihr Smartphone aus dem Handystapel und wendet sich zur Tür. Wie von ganz weit her meldet sich Lenny.

»Vielleicht ...« Er räuspert sich. Özge, die schon einen Schritt in den Flur gemacht hat, bleibt stehen und dreht sich um. »Vielleicht ... Conni, sagst du es einfach.«

Der ausgestreckte Arm fährt um neunzig Grad herum, zielt auf Lenny und Constantin zischt: »Nenn mich noch einmal Conni und ich knall dir deine dumme Schnauze aus der Fettfresse!«

Der Dicke ist völlig unbeeindruckt.

»Es wird nix besser durch das ganze Schweigen«, sagt er. »Auch für dich nicht. Sag doch einfach, wie es damals war. Oder ich sag es halt.«

6

Lennard

Ich hatte mir 1 Döner geholt. Da war gerad die zweite Pause, noch nicht mal richtig Mittag. Iwie ist mir das ja manchmal peinlich, wenn die Leute sehen, dass ich schon wieder am Essen bin. Deshalb setz ich mich gern auf die Bank hinter dem Busch auf dem Kreisverkehr, da sieht mich keiner vom Schultor aus.

Also ich saß da & war am Essen & hörte auf der anderen Seite von dem Busch 2 Stimmen. Das 1 war Conni, das andere 1 Mädchen, vlt. Precious. Ja, ganz sicher sogar Precious. Ich hab mich fast verschluckt, als Conni fragte, was sie tun würde, damit er ihr das Geld gibt. Als Precious antwortete, wurde mir gleichzeitig heiß & kalt. Ich hab mich kurz gefragt, ob die mich verarschen wollen oder für 1 Theaterstück üben oder was weiß ich, ich konnte mir echt null vorstellen, dass das jetzt wirklich alles ernst gemeint war. War es aber. Ich hab mich fast nicht getraut zu atmen.

Mann, Lenny, was für eine Scheiße, das kannst du nicht zulassen, dachte ich. Ich dachte, ich muss aufstehen & um den Busch rumgehen & sagen: Hey, Leute, spinnt ihr eigentlich? Aber ich konnte das 1fach nicht, ich war komplett festgenagelt auf der Bank, ich war eingefroren & versuchte, die Luft anzuhalten & die Dönersoße tropfte mir auf die Finger.

Als Precious dann wieder gegangen war, wusste ich, ich muss trotzdem was unternehmen. Ich muss mit ihr reden & ihr erklären, dass das nicht geht. Keine Ahnung, wie ich das machen sollte & klar, das ging mich ja eigentlich noch nicht mal richtig was an, aber iwie doch, weil – ich will nicht zusammen mit Leuten in 1 Abijahrgang sein, die 1 Mädchen wie Precious so ausnutzen & zum Sex zwingen, nur weil sie viel Kohle haben & das Mädchen hat nix als ihren Körper.

Da musste ich niesen.

Im nächsten Moment stand der vor mir.

Conni.

»Nee, oder?«

Ich so: »Ich hab überhaupt nichts gehört.«

Er so: »Was hast du nicht gehört?«

Ich so: »Na, gar nix.«

»Du hast also alles gehört.«

1 Ninja, der aus dem Busch hervorspringt & mich mit seinem Schwert durchbohrt, das wär mir in dem Augenblick am liebsten gewesen. Echt. Ich saß da & hatte die Hände & den Mund voll Soße & konnte nix sagen, obwohl ich genau wusste, was ich hätte sagen sollen, aber es kam halt nix.

»Kannst du schweigen?«, fragte Conni.

Ich nickte.

Aber ich schwor mir, das nicht zu tun. Ich schwor mir, dass ich irgendwas unternehmen würde, um Precious zu helfen. Keine Ahnung, was, aber sobald ich hier aus dieser Nummer raus wär, würd ich mir was einfallen lassen. Ganz, ganz, ganz bestimmt.

Der wusste das auch & deshalb hat er mir natürlich nicht getraut.

»Es gibt nur einen Weg, um sicherzustellen, dass du wirklich die Klappe hältst«, sagte er ernst.

Oh Mann, ich dachte echt, der würd mir jetzt Geld anbieten oder mir drohen, irgendwas richtig Schlimmes, für den Fall, dass ich ihn bei irgendwem verrate.

Aber stattdessen sagte er: »Du machst mit.«

»Was?«

»Du hast mich schon verstanden. Wir gönnen uns ein bisschen Spaß zu dritt. Du von hinten, ich von vorn.«

»Nein.« Mann, ich wimmerte fast. »Nein, nein, nein, so was mach ich nicht.«

»Es ist eine einmalige Chance, die ich dir biete«, sagte er. »Hab ja keine Ahnung, wie viele Chicks du schon so ins Bett gekriegt hast …«

»Ich … ich …«

»Bist du ein Mann oder eine Muschi?«

»Ich … hab überhaupt kein Geld.«

»Nee, klar. Denkst du, ich? Werd mir die Kohle bei Laurenz leihen. Jedenfalls den größten Batzen. Denke mal, das ist überhaupt kein Problem für den. In spätestens einem Jahr, wenn ich in der Firma von seinem Alten durchgestartet bin, zahl ich es ihm zurück. Als Dank kriegt er ein hübsches Cumshot-Foto von Precious' Gesicht, das wird ihn richtig anmachen. Und wird ihm zeigen, wer hier von uns der Härteste, der Krasseste ist. Von wegen kein Boss ohne Boss-Cock.«

»Ich will kein Boss sein«, bettelte ich. »Ich bin nicht hart oder krass.« Ich bin klein, mein Herz ist rein, ich will hier weg & 1fach nur der kleine dicke Lenny sein & nix gehört haben.

»Aber … warum?«, fragte ich. »Weil – du … du kannst doch alle möglichen Frauen haben, oder nicht? Warum tust du das?«

»Weil ich es kann«, sagte er.

Ja. Weil er es kann. Sie war plötzlich komplett von ihm abhängig & er hielt ihre ganze Zukunft in der Hand. Vielleicht war es das, was ihn so anmachte.

Da kam mir diese vollkommen wahnwitzige Idee, der Geistesblitz meines Lebens. Ich könnte ihn reinlegen & Precious helfen. Verrückt, oder? Der Spaßvogel Lennard, immer 1 bisschen unbedarft & nicht die allerhellste Kerze auf der Torte, wird legendary Constantin Rüdenscheid übers Ohr hauen & ganz im Alleingang dafür sorgen, dass Precious abhauen kann.

»Na gut«, sagte ich. »Ich hab zwar keine Kohle und keinen, bei dem ich mir was leihen kann. Aber dafür werd ich den Ausweis besorgen.«

»Deal«, nickte er.

»Aber eine Frage noch …«

»Ja?«

»Warum willst du, dass wir … *es* auf der Studienfahrt tun? In so einer Jugendherberge, wo überall Leute sind? Und auch noch die Lehrer rumschleichen?«

»Gerade deshalb. Weil es da am krassesten ist. Wo alle anderen sind. Und keiner es je mitkriegen wird.«

Da war 1 irres Flackern in seinen Augen. Ich hatte das schon mal gesehen. Bei Juan. Der hatte mal mit 16/17 so 1 Phase gehabt, wo er mit Hooligans rumhing. Ist mit denen zu Auswärtsspielen gefahren & hat bei richtigen Schlägereien mitgemacht. Hat sogar 1 Zahn dabei verloren & mir hinterher erzählt, er hätte noch nie so was Geiles erlebt. So krass. So *real*. Er hätte sich nie zuvor so lebendig gefühlt. Als ich meinte, das wär doch unfassbar bescheuert, meinte er, andere Leute würden halt Bungeespringen gehen, das wär genauso bescheuert, aber teurer.

Das hier, was Conni da plante, war ja wohl noch unendlich viel bescheuerter & teurer.

Am nächsten Tag hat er es ihr gesagt. Also Precious. Dass sie es mit 2 Typen *machen* sollte statt mit einem. Er meinte danach zu mir, sie hätte nur genickt & gesagt, das wär kein Problem & wär auch nicht das erste Mal für sie.

Ich konnte sie in den nächsten Tagen überhaupt nicht angucken. Also Precious. Ich wollte eigentlich zu ihr hingehen in 1 günstigen Augenblick & es ihr sagen – also dass sie keine Angst haben braucht – weil es nicht dazu kommen wird, was Conni sich ausgedacht hat. Weil ich den Ausweis besorgen werd & ihn ihr geben & dann kann sie abhauen & muss überhaupt nichts machen, weder für ihn noch für mich. Aber ich hab es 1fach nicht hingekriegt. Im Kopf hatte ich mir die Worte zurechtgelegt, aber sie in echt anzusprechen, das hab ich leider nicht geschafft. Ich glaub, sie ist mir auch aus dem Weg gegangen. Oder ich ihr, keine Ahnung, es war 1fach eine total beschissene Situation.

Sie hatte ihm einen Zettel gegeben mit einer Adresse von einem gewissen John. Das heißt: die Straße, die Hausnummer, das Stockwerk und die Nummer von 1 Apartment, denn 'nen Nachnamen hatte der Typ wohl keinen.

Das war in so 'nem Wohnblock, wie ich selber auch wohne. Conni ist mit mir zusammen hin. Am Freitag vor der Fahrt. Er hat mir wohl nicht richtig über den Weg getraut. Wollte aber nicht mit reinkommen, sondern gab mir das Geld & wartete dann unten vor der Tür. Mann! Fast 8000 Euro. Ich hatte noch niemals so viel Geld auf 1 Haufen gesehen. Werd ich wohl auch nie mehr.

Es war 1 komisches Gefühl, mit Conni rumzulaufen. Der hat mich in den ganzen Jahren nie beachtet, der lebte immer in seiner eigenen Welt & auf 1mal waren wir Partner. Komplizen. Also der dachte das jedenfalls, aber ich wusste ja, dass ich 'nen ganz anderen Plan hatte. Trotzdem war da aber tief drinnen irgend so 1 Gefühl, als wär ich plötzlich aufgestiegen. Dass 1 von diesen Rich Kids mich ernst nehmen würde.

Also, wie gesagt, der blieb unten stehen & ich ging die Treppe hoch in den dritten Stock & dann über 'ne Art Balkon außen an etlichen Türen vorbei. Wenn zu jeder Tür 1 eigenes Apartment gehörte, konnte jedes davon nicht größer sein als 'ne Garage. Ich blieb vor der Tür mit der Nummer 3 Punkt 7 stehen & klingelte. Ich sah 1 Schatten hinter dem Türspion, dann rasselte das Sicherheitsschloss, der Riegel klackerte & 1 wüst tätowierter Schrank von Kerl öffnete.

»Was«, sagte er. Das klang nicht mal wie 'ne Frage.

»Ich hole den Ausweis für Precious«, sagte ich.

»Wieso kommt sie nicht selbst.«

»Weil ich für sie hier bin.«

»Warum.«

Da musste ich tatsächlich an Conni denken, der da unten stand & wartete.

»Weil ich es kann«, sagte ich.

»Hast du das Geld.«

Ich nickte. Ohne 1 weiteres Wort drehte er sich um, ließ die Tür offen & verschwand raschelnd durch so 'n Perlenvorhang. Ich ging hinter ihm her, in den dunklen Flur. Schloss die Tür, folgte ihm in 1 winzige Küche. Er setzte sich an 'nen kleinen wackligen Tisch, zog die Schublade auf & holte 1 Ding raus, das auf den ersten Blick aussah wie 'n Locher. War aber 1 Geldscheinprüfer. John knipste das UV-Licht an. Ich blätterte die Scheine vor ihm auf die Tischplatte.

Er nahm sie & 1 Schein nach dem anderen glitt durch das Prüfgerät, verschwand in der Schublade, zuletzt auch das Gerät selber. Ohne irgendwelche weiteren Worte zog John unter einem Stapel anderer Papiere 'ne kleine Plastikkarte hervor.

1 deutscher Personalausweis. Er legte ihn auf den Tisch, so wie ich vorher die Geldscheine hingelegt hatte. Ich nahm ihn in die Hand. Die Frau auf dem Bild hatte echt 1 bisschen Ähnlichkeit mit Precious, aber ihre Haare waren kurz rasiert. Der Name war Josephine Schmitz. Ob Precious ihren neuen Namen mögen würde? Laut Geburtsdatum war die Frau hier schon 21. Ich hätte gern gewusst, ob John oder wer auch immer das Teil eigens hergestellt oder ob die ursprüngliche Besitzerin den Ausweis verkauft hatte oder verloren oder so. Aber ich fragte ihn nicht & auch sonst nichts. Ich schob die Karte in die Tasche meiner ausgeleierten Jeans & ging.

Draußen grinste Conni mich an.

»Alles klar?«

»Klar«, nickte ich.

»Guter Junge«, grinste er. »Bist anscheinend doch zu gebrauchen. Wer weiß, vielleicht kann ich dir später mal 'n Job klarmachen, wenn meine Karriere erst mal richtig läuft.«

Nur das nicht, dachte ich. Gleichzeitig fühlte ich mich total geschmeichelt & hasste mich dafür.

Er hielt die Hand auf.

»Hä?«, machte ich.

»Gib mir das Teil«, sagte er. »Den Ausweis.«

»Wieso?«, fragte ich blöde.

»Denkst du, ich lass den bei dir? Nicht, dass du ihn aus Versehen schon zu früh an Precious weitergibst.«

Er grinste böse.

Bestimmt gab es viel, was ich hätte sagen oder tun können in dem Moment, aber nix davon fiel mir ein. Ich zog die kleine Plastikkarte hervor & legte sie in seine Hand. Seine gepflegten Finger schlossen sich darum. Umschlossen mehr als nur das Ding da. Umschlossen 1 ganzes Menschenleben, so kam mir das vor.

Er steckte den Ausweis weg.

Okay, mein Plan hatte nicht geklappt. Ich hatte wirklich vorgehabt, ihr das Teil gleich morgen zuzustecken & gehofft, sie würde dann sofort damit abhauen. Natürlich würde Conni dann komplett ausrasten, aber was sollte er schon tun? Der konnte wohl schlecht zur Polizei gehen oder mich verklagen wegen der Kohle oder so.

Aber jetzt ging das natürlich nicht mehr. Ich brauchte 1 neuen Plan. Ich musste 'nen Weg finden, bei der Stufenfahrt unbemerkt an seine Sachen ranzukommen. Ich musste den Ausweis zurückholen & ihn Precious geben, bevor *es* so weit war.

Ja, ich kann mir denken, was du dich fragst. Ob ich nicht

doch kurz mal daran gedacht hab, wirklich mitzumachen. Ich würd lügen, wenn ich sage, dass das nicht so war. In dem Moment, wo er mir das Geld gegeben hatte, da hab ich es ganz kurz vor meinem inneren Auge gesehen, wie wir es mit ihr treiben & für 'ne superwinzige Mikrosekunde hat mich die Vorstellung angemacht. Im nächsten Augenblick dachte ich, ich muss kotzen.

Als dann später alles vorbei war, habe ich ihm hoch & heilig versprochen, niemals auch nur irgendwem 1 Sterbenswörtchen davon zu erzählen.

Das hat ja auch funktioniert.

Bis jetzt.

»Oder ich sag es halt.«

Mein letzter Satz hängt immer noch in der Luft.

Alle starren mich an.

Muriel

Bitte?

Will Lennard sich plötzlich wichtigmachen? Oder weiß er tatsächlich etwas?

»Ich ... war zur falschen Zeit am falschen Ort«, sagt er und sieht Constantin an, dessen Arm noch immer bedrohlich in der Luft schwebt. »Oder zur richtigen Zeit am richtigen Ort ... ich weiß ja bis heute selber nicht, was ich davon halten soll. Deshalb hab ich auch noch nie darüber gesprochen.«

»Und dabei wärst du besser geblieben!«, zischt Constantin.

Daria blickt völlig fassungslos von ihrem Freund zu Lenny und wieder zurück.

Der lässt nun endlich den Arm sinken. Fährt sich mit der anderen Hand über den Kopf, als müsse er sich sammeln. Alle warten gespannt, was er als Nächstes tut. Oder sagt.

In die Stille hinein klickt Özges Feuerzeug. Sie zündet sich tatsächlich eine Zigarette an und ein Qualmkringel zieht ganz langsam durch den Raum. Constantin nimmt sein Whiskyglas, leert es in einem Zug und stellt es auf den Tisch zurück. Dann geht er zur Kamera und schiebt mich ein Stück davon weg. Beinahe sacht tut er das, ich leiste keinen Widerstand, sondern schaue zu, wie er die Kamera vom Stativ schraubt, das Stromkabel herauszieht und den Akku aus dem Gehäuse nimmt. Er legt die Kamera neben den Handystapel auf dem Tisch und sieht uns lange an, jeden Einzelnen von uns.

»Ich verlange, dass es absolut unter uns bleibt«, sagt er. »Ich verlange, dass niemand von euch auch nur ein Sterbenswort von dem verrät, was ich erzählen werde. Klar geworden?«

Daria schluckt und nickt.

Auch Lenny nickt. Was um alles in der Welt hat er mit Precious und Constantin zu schaffen? Ihn hatte ich überhaupt nicht auf der Rechnung. Sondern Laurenz oder sonst eins von den Rich Kids. Sollte er tatsächlich der ominöse *andere* gewesen sein?

Özge zieht an ihrer Zigarette und sagt: »Falls du uns etwas erzählst, das strafrechtlich relevant ist, machst du uns zu Komplizen. Deshalb kann ich es dir nicht versprechen.«

Herrgott, will sie mir doch noch alles verderben? Ich versuche, ganz ruhig dazustehen. Ich darf jetzt nichts kaputt machen. Alle denken, dass es nun keine Kamera mehr gebe, die irgendetwas filmen, geschweige denn senden könnte.

»Tja«, macht Constantin, »weiß nicht, bin ja nicht so schlau wie du, Özge. Keine Ahnung, was da strafrechtlich relevant ist. Weiß nur eines: Wenn du meine Geschichte gehört hast, wirst du dir eher die Zunge abbeißen, als zu den Bullen zu laufen.«

Sein Selbstvertrauen ist nicht zu knacken. Özge gibt einen abfälligen Lacher von sich. Aber sie hat den Köder gefressen. Natürlich will sie es hören.

»Okay«, sagt sie endlich, legt ihr Handy wieder auf den Tisch und nimmt ein sauberes Glas aus der Bar, um es als Aschenbecher zu benutzen. Meinetwegen. Dann setzt sie sich zurück in ihren Sessel.

Nun sehen wieder alle zu mir.

»Ich werde nichts erzählen«, sage ich wahrheitsgemäß. Bebt meine Stimme etwa? Nur nicht nach oben schauen. Nur nicht dauernd an Juan, Finn, Tim denken, an Sophie, Betül, Alessio, all die anderen, die uns jetzt zusehen, Hunderte vielleicht schon. »Niemandem.«

»Du wirst es niemanden erzählen«, wiederholt er, »du wirst es niemandem schreiben, du wirst es nicht malen oder tanzen oder in Ton modellieren oder irgendwelchen Aliens per Gedankenübertragung schicken, klar?«

»Klar«, nicke ich.

Er leert sein Glas, schenkt sich abermals nach und lässt sich in seinen Sessel fallen. Daria bleibt auf Abstand, hockt sich an die Wand neben Lenny, der ebenfalls herabgesunken ist und ächzend seine Beine zum Schneidersitz verknotet. Ich setze mich vorsichtig auf die Kante des Glastisches.

»Hat mich damals vor dem Schultor angesprochen«, beginnt Constantin übergangslos. »Precious. Fragte mich wegen Geld. Aber nicht ein paar Euro oder so.«

»Sondern achttausend«, entfährt es Özge.

Constantin nickt nur.

»Hat mich fast von den Socken gehauen«, sagt er. »Stand da einfach so vor mir und fragt nach knapp acht Riesen. Aber das war nicht das Krasseste. Das Krasseste war, dass sie mir dafür Sex angeboten hat.«

Mein Magen dreht sich um. Daria hört auf zu atmen.

»Ist das wahr?«, fragt Özge. »Sie hat dir das von sich aus angeboten? Oder hast *du* das von ihr verlangt?«

»Nein, sie«, sagt Constantin.

Atmen, Daria, denke ich. Sie holt tief Luft und fragt beinahe tonlos: »Wofür?«

»Was – wofür?«

»Wofür hat sie das Geld gebraucht?«

»Für einen Personalausweis«, sagt Özge statt Constantin.

Natürlich! Ein Ausweis! *Dimetrius und Chiron werden liefern.*

»Woher weißt du das alles?«, fragt Constantin. »Das mit der Kohle und dem Ausweis?«

Er fährt unwirsch zu Lenny herum.

»Hast du etwa doch gequatscht?«

»Nein«, sagt Özge. »Ich wusste es, *bevor* sie zu dir ging.« Sie macht ein zerknirschtes Gesicht. »Sie hat mir erzählt, dass sie unbedingt diesen Ausweis braucht. Und auch, was das kostet. Und ich … war so unglaublich blöd.« Sie zieht tief an ihrer Zigarette. »Ich hab das nicht gewollt, echt nicht, ich hab einfach vor mich hin gelabert, dass eben manche Leute viel zu reich sind, während andere zu arm sind … also, um ehrlich zu sein: Ich hab Precious auf die Idee gebracht, dich zu fragen. Mann, ich hätte doch niemals geglaubt, dass sie das tatsächlich tut.«

Dabei schaut sie Constantin an.

»Nee, oder?« Er gibt ein hohles Lachen von sich. »Dann hast du mir also diese Scheiße eingebrockt.«

Özge schweigt.

An ihrer Stelle antworte ich: »Du hättest jederzeit Nein sagen können.«

»Ja. Stimmt. Und auch wieder nicht.« Er nimmt einen Schluck Whisky. »Ging hier doch nicht um Sex. Überlegt mal, achttausend Euro. Wie oft kann man davon in den Puff gehen.«

»Woher sollen *wir* das wissen?«, fragt Özge bitter.

»Es ging dir um Macht«, sage ich kühl. »Das liegt ja auf der Hand. Wann hat man schon mal die Gelegenheit, über das Leben der eigenen Mitschülerin richten zu können? Und sie dabei vollständig demütigen und missbrauchen zu können. Aber …« Ich wende mich an Lenny. »Warum zur Hölle hast du dabei mitgemacht? Wie kamst du überhaupt dazu?«

»Der ist da einfach reingestolpert«, sagt Constantin. »Weil er mich und Precious belauscht hat. Und am Ende hätte er mir beinahe alles versaut.«

»Oder du mir«, gibt Lenny zurück.

»Und ihr hattet einfach so achttausend Euro zur Hand?«, fragt Özge.

Vermutlich kann sie sich nicht verzeihen, dass sie es war, die Precious auf die Idee mit Constantin gebracht hat.

»Hab ich geborgt«, sagt Constantin. »Von Laurenz. Es ging ja darum, was ganz Krasses zu machen. Schnallt ihr aber eh nicht, darum erklär ich das nicht weiter. Wollt ihr ja auch gar nicht wissen. Sondern, was da in Rerik wirklich war.«

Allerdings. Doch kurz hält er noch inne, schaut in die Runde und flüstert fast: »Geht keinen was an, dass das Geld von Laurenz war, klar?«

Natürlich hat er Angst, dass Laurenz oder dessen Vater sich das mit dem Job für ihn doch noch anders überlegt, wenn Constantin ihn hier belastet. Ob Laurenz uns jetzt gerade ebenfalls zuschaut? Nein, ich schaue nicht zur Kamera hoch, sondern unverwandt Constantin an.

»Ist auch egal«, sagt er schließlich. »Kam ja am Ende eh noch viel krasser, als Laurenz sich das hätte ausmalen können.«

Diesmal hält nicht nur Daria die Luft an. Uns allen stockt der Atem. Aber plötzlich blitzt in seinen Augen wieder diese unübertreffliche Selbstsicherheit auf. Er will es spannend machen.

Constantin

»Ich hab uns etwas Verpflegung eingepackt.« Laurenz. Legte ein kleines Plastiktütchen auf den Nachttisch, mit feinem Pulver drin. Guckte sich in dem Zimmer um. »Das ist die ranzigste Kackbude, in der ich je pennen musste. Wann willst du die Nummer durchziehen? Mit Precious?«

»Mittwoch«, sagte ich. »Freier Nachmittag, freier Abend. Die meisten Leute werden in die Stadt gehen oder so. Hab ihr gesagt, dass ich mich melde, wann die Sache laufen soll. Wir haben so 'ne Art Code dafür ausgemacht, mit Namen aus einer Shakespeare-Geschichte. War ihre Idee. Ich schlag vor, Mittwoch um sieben. Hier, wenn du nichts dagegen hast.«

»Nee, ist mir egal. Ich versteh nur immer noch nicht, warum du den Fettsack dabeihaben willst. Da würd ich ja gar keinen hochkriegen.«

»Hab ich dir doch schon erklärt. Auf diese Weise wird er für immer und ewig die Fresse halten. Und du? Hast du noch mal überlegt, ob du nicht doch mitmachen willst?«

»Nee, lass mal.« Er winkte ab. »Für mich ist das jetzt echt 'ne Ecke zu krass. Und denk immer daran – von mir hast du die Kohle nicht.«

»Klar, Bro«, nickte ich.

Er sah mich schräg an. Ziemlichen Respekt im Blick.

»Manchmal, Bro«, sagte er, »da bist du mir fast unheimlich.«

Nahm ich als Kompliment.

Wobei – ich wurde mir selber unheimlich. Was für eine

verdammte Scheißidee von mir. Versuchte, nicht drüber nachzudenken.
Klappte auch ganz gut, war ja eine Menge anderes los. Dauernd Nessa um mich rum. Hatte schon geschnallt, dass die was von mir wollte. Wär vielleicht auch nicht so abgeneigt gewesen, aber da war halt so ein Scheißgefühl wegen Precious. Ja, echt jetzt.
Bin vielleicht doch nicht so extrem cool, wie alle denken.
So bosshaft, wie Laurenz denkt.
Oder ich.
Abends im Garten saßen die extrauncoolen Leute zusammen und sangen Lieder. Daria mit ihrer Gitarre. Voll lächerlich eigentlich. Hätte ich mich normalerweise nie dazugesetzt. War aber jetzt plötzlich anders. Fühlte sich gut an. Sicherer irgendwie.
Wollte eigentlich gar nicht richtig was von ihr, jedenfalls am Anfang.
Na, egal, gehört hier nicht hin.
Endlich kam der Mittwoch. Schrieb Precious die Nachricht, auf die sie wartete. Aber sie antwortete nicht, ging nur kurz beim Mittagessen an mir vorbei.
»Zimmer drei, oben«, sagte ich leise. »Um sieben.«
Sah mich nicht an, nickte nur im Weitergehen.
Oh Mann.
Am Nachmittag sind dann die meisten ausgeflogen.
Tat gut, dass sich endlich etwas Ruhe übers Haus legte.
Hing mit Laurenz auf dem Zimmer rum, er zog sich was.
Ich auch, aber nur ein kleines bisschen.
Da tauchte Lennard auf.
Kam einfach rein, von wegen, er wollte noch mal reden, ob

alles klar wäre, ob ich eigentlich Kondome hätte, ob wir das nicht doch lieber bleiben lassen sollten, ob ich denn den Perso für Precious auch dabeihätte. War total hibbelig, lief im Zimmer hin und her, fummelte nervös an meinen Sachen rum.

Ich schmiss ihn raus. Sollte einfach um sieben wiederkommen, fertig.

Musste selber aber auch mal raus da.

Bisschen frische Luft schnappen.

Traf unten auf Daria.

»Hey, Constantin. Gehst du nicht mit den anderen in die Stadt?«

»Nee, kein Bock.«

»Alles in Ordnung bei dir?«

»Klar.«

»Du siehst gestresst aus.« Guckte mich richtig besorgt an. »Du hast doch nicht etwa ein schlechtes Gewissen wegen mir? Weil wir uns gestern Abend geküsst haben? Du musst dich nicht verpflichtet fühlen …«

Das wär mal was.

»Ich fühl mich müde«, sagte ich. »Würd mich am liebsten einfach ein bisschen mit dir hinlegen.«

Stimmte tatsächlich, was ich mich da sagen hörte.

»Okay?«, sagte sie und wurde rot.

Gingen also in ihr Zimmer, legten uns in ihr Bett, mein Kopf an ihrer Schulter, ich pennte sofort ein. War auf einmal verschwunden, die ganze Scheißanspannung. Das Scheißgefühl. Wachte irgendwann wieder auf, lag noch immer so neben ihr. Hatte ihren Geruch in der Nase. Fand ich gut. War total erregt plötzlich. Schob eine Hand unter ihren Pulli.

»Lass mal«, murmelte sie schlaftrunken.
»Nur ein bisschen.«
Tastete nach ihrem Bauchnabel. Sie lachte, als würde ich sie kitzeln.
»Machst du das mit allen deinen Frauen so?«
»Hab ich noch nie gemacht. Du bist die Erste für mich.«
»Ich glaub dir kein Wort, Constantin.«
Klang witzig, war ein Spiel.
»Die Leute, die ich gerne mag, nennen mich Con. Willst du mich auch so nennen?«
Ich tastete mich hoch zu ihren Brüsten.
»Hey, warte mal. Das geht mir jetzt aber zu schnell.«
»Okay, ich mach langsamer. Versuch einfach, dich zu entspannen.«
Sie schob meine Hand weg, setzte sich auf und sagte: »Ich kann mich nicht entspannen, wenn ich mich entspannen *soll*. Man kann ja auch nicht an kein grünes Kamel denken, wenn man es nicht soll.«
»Vertrau mir einfach, okay? Ich weiß, was ich tue.«
»Hast du nicht vorhin gesagt, du hättest das noch nie getan?«, fragte Daria zurück.
Da fiel mir Precious wieder ein! Fuck, wie spät war es?
Setzte mich auf.
Versuchte, ganz ruhig zu wirken.
Nahm ihre Hand.
Sagte: »Wir haben so viel Zeit, wie du möchtest. Du bestimmst das Tempo. Okay?«
Ich stand auf.
»Du musst nicht gehen, Constan… Con«, sagte sie.
Sah aber aus, als wollte sie doch, dass ich gehe. Und zu-

gleich, als würde sie sich von mir sitzen gelassen fühlen. Bin ich der Typ, der direkt abhaut, wenn es halt nicht zum Sex kommt? Eher Ja als Nein. Aber Daria wusste wohl auch nicht genau, was sie denken sollte.
»Ist nicht wegen dir«, sagte ich. »Muss noch was erledigen.« Gab ihr einen Kuss auf die Stirn.
Und raus.
Treppe hoch, in unser Zimmer. Laurenz hockte auf seinem Bett mit dem Handy in beiden Händen, tippte total manisch darauf herum. Irgend so eine dämliche Quiz-App. Hatte sich schon was reingezogen und war voll drauf.
»Ach, du«, sagte er nur. »Dachte schon, es wär schon wieder der Fettsack.«
»Was?« Fuck. »War der noch mal hier? Wann?«
»Vor … keine Ahnung. Nicht lange her.«
Ich packte meinen Rucksack, zog das Portemonnaie raus, durchsuchte es, schüttete den ganzen Inhalt aufs Bett. Kein Perso von Josephine Schmitz. Reckte mich, suchte hinterm Bett, unterm Bett, im Schrank, hinterm Schrank, kein Perso.
»Was'n dein Problem?«, brummte Laurenz.
»Es gibt kein Problem. Keins, das ich nicht lösen kann.«
Ich rannte raus.

Lennard

Ich schwöre – ich hatte noch nie zuvor so dermaßen Schiss wie in dem Moment, als ich mir den Ausweis gemopst hab. Laurenz war total drauf gewesen & hat gar nix geschnallt, aber trotzdem bin ich wie der Blitz runtergerannt & rüber in den Mädchentrakt. Ich hatte mir schon gemerkt, wo das Zimmer von Precious & Muriel war. Ich presste den Perso ganz fest in meine Hand, so fest, dass ich fast Angst kriegte, ich könnte ihn im letzten Moment zerbrechen, also ließ ich wieder locker & und versuchte, ruhig durchzuatmen, bevor ich klopfen würde.

Von drinnen hörte ich laute Stimmen. Das klang, als würd Muriel mit Precious schimpfen oder so & in dem Moment, wo ich wirklich klopfen wollte, da flog plötzlich die Tür auf & Muriel schoss raus.

»Was wird das denn?«, motzte sie mich an. »Lauschst du etwa?«

»Quatsch«, machte ich bloß & schob die Hand mit dem Perso in die Hosentasche & schlenderte 1 bisschen den Gang entlang. Drehte mich kurz um und sah, wie Muriel im Nebenzimmer verschwand.

Dann huschte ich zurück, klopfte endlich & öffnete die Tür.

Precious saß auf dem Bett & sah mich erstaunt an, dann guckte sie auf 1 komisches Teil, das wie ein Totenkopf aussah & die Uhrzeit anzeigte, ein Wecker vielleicht.

»Es ist noch nicht sieben«, sagte sie. »Soll ich schon kommen?«

»Du musst abhauen«, sagte ich. Oh Mann, ich klang wie ein Typ im Film. »Schnell, bevor Constantin was mitkriegt.«

Sie verstand gar nichts.

»Bitte vertrau mir«, beschwor ich sie. »Nimm deine Klamotten und komm mit. Ich gebe dir deinen Ausweis und du kannst verschwinden. Du musst nichts dafür tun. Glaub mir, bitte. Aber mach schnell.«

Ihr Gesicht zeigte überhaupt keine Regung. Aber sie verstand. Sie stand auf & öffnete ihren Schrank & begann, ihre Sachen in ihren Rucksack zu stopfen. Nicht hektisch oder überstürzt & doch in einer atemberaubenden Geschwindigkeit. Ich glaub, so kann nur jemand seine Sachen packen, der das schon 1000mal so gemacht hat: im entscheidenden Augenblick blitzschnell alles packen, aufbrechen, abhauen, weiterziehen. Mir fiel auf, dass sie ihr Handy ausmachte. Keine Ahnung, warum. Vielleicht, damit sie keiner orten kann?

Dann warf sie sich ihren Parka über & folgte mir raus aus dem Zimmer, durch den Flur & in den Garten, ohne dass wir irgendwen von den anderen trafen. Da führte 1 schmaler Pfad durch die hohe Hecke zum Grillplatz, wo uns keiner sehen konnte.

Ich zog den Ausweis aus der Hosentasche & hielt ihn ihr hin.

Sie sah mich nicht an. Nur die kleine Plastikkarte in meiner Hand. Dann griff sie mit 1 schnellen Bewegung danach & steckte den Ausweis weg, ohne ihn sich anzuschauen.

»Josephine Schmitz«, sagte ich. »So heißt du jetzt.«

»Okay.«

»Ja dann …«

Weiter wusste ich nicht. Ich hatte die ganze Zeit nur bis hierhin gedacht & hatte keine Ahnung, was man an so 1 Stelle sagt. Ehrlich gesagt hatte ich fast nicht daran geglaubt, dass ich überhaupt bis hierher kommen würd – also dass ich es schaff, den Ausweis zu filzen & ihr zu geben, ohne dass Conni es mitkriegt.

Ihr fiel auch nix ein oder sie wollte halt nix sagen, sondern ging 1fach los. Ich wusste zwar nicht warum, aber ich ging 1 Stück mit ihr. Durch den Garten raus, auf die Straße hinaus & halb ums Haus herum Richtung Bushaltestelle.

»Wie geht es denn jetzt für dich weiter?«, fragte ich schließlich. »Hast du so was wie einen Plan?«

»Ich habe einen Plan.« Sie holte 1 Zettel hervor, den sie mir zeigte. »Den Busfahrplan.«

Sie hatte sich 'ne Reiseverbindung aus dem Internet ausgedruckt. Mit dem Bus nach Rostock, mit der Fähre nach Trelleborg. Klang schwedisch.

»Die werden bald nach dir suchen«, sagte ich.

Sie schüttelte den Kopf.

»Afrikanische Mädchen verschwinden«, sagte sie. »Niemanden interessiert es.«

»Vielleicht ja doch. Lass etwas zurück, um deine Spur zu verwischen.«

Sie überlegte kurz, schien meine Idee einleuchtend zu finden. Sie streifte den Rucksack ab & zog den Parka aus.

»In Schweden wird's sicher kalt sein«, sagte ich. »Im Herbst.«

»Ich finde einen neuen.«

Sie hockte sich mitten auf der Straße hin & fummelte einen Bleistift aus dem Rucksack. Ich sah mich um. Hatte plötzlich Schiss, wir würden beobachtet oder so. Da war aber keine Menschenseele zu sehen. Kleine weiße Häuschen standen um uns herum, als würden die schlafen. Dass so winzige Häuschen so lange Schatten werfen.

Precious schrieb etwas auf den unteren Rand von ihrem Busfahrplan.

Da klingelte mein Handy. Es klingelte so verdammt laut. Ich hab halt *For whom the bell tolls* von *Metallica* als Klingelton & das schallte durch die Straße & zurück über die Hecke bis in den Garten vor dem Haus & als ich das Handy rauszog, um den Anruf wegzudrücken, sah ich, wer das war, der mich da anrief, nämlich er. Constantin.

Der hätte uns nicht gesehen, der wäre wahrscheinlich nicht raus auf die Straße & halb ums Haus herumgelaufen, wenn er das Klingeln nicht gehört hätte.

Hat er aber. Dass *For whom the bell tolls* nur mein Klingelton sein kann, hat er sich wohl auch gedacht. Da kam er schon, nicht ums Haus rum, sondern direkt durch die Hecke durch & das hatte fast was von dem Tag, wo er mich erwischte, wie ich sie unfreiwillig belauscht hatte. Und bevor ich wusste, was da passierte, knallte seine Faust auf mein Auge.

»Blöde fette Sau«, zischte er & guckte auf mich runter.

Ich lag auf dem Boden & hielt mir das Auge, das tat richtig scheiße weh. Ich guckte mit dem anderen Auge zu ihm rauf & dann zu Precious, die immer noch neben mir auf dem Asphalt hockte. Als würd all das gar nicht passieren, als wäre Constantin gar nicht hier & ich würd hier nicht neben ihr auf dem Boden liegen & mir den Handballen gegen das Auge pressen. Sie steckte den Bleistift wieder ein & riss den unteren Rand vom Busfahrplan ab. Den Fetzen mit ihrer Nachricht drauf schob sie in die Tasche ihres Parkas, erhob sich & schulterte wieder den Rucksack. Den Parka ließ sie 1fach auf dem Boden liegen.

Constantin

Ich sah sie an.
Precious.
Fühlte wieder die Droge in meinen Adern, so wie neulich.
Nicht das Dope, sondern die Macht.
Hatte die Macht.
Sagte die Worte.
»Geh schon«, sagte ich.
Als wär ich ein bekackter König aus dem Mittelalter, der jemanden begnadigt.
»Geh, du bist frei.«
Sagte gar nichts.
Drehte sich einfach um und ging.
Als hätte sie mit alldem hier überhaupt nichts zu tun.
Hatte sie wohl auch nicht.
Ging ganz gemächlich und bog um die nächste Ecke.
Lenny rappelte sich mühsam auf.
Mir tat die Hand weh, mit der ich ihn geboxt hatte.
Streckte ihm die andere hin und zog ihn hoch.
Mann, war der Typ schwer.

»Sorry«, sagte ich.
War ziemlich geschwollen, das Auge.
Er grinste.
»Das war's mir wert, Conni«, sagte er.
»Nenn mich nie wieder Conni«, sagte ich.
Er bückte sich nach dem Parka und klemmte ihn sich unter den Arm.
»Was hast du damit vor? Soll das ein fucking Andenken sein?«
»Wir müssen eine falsche Fährte legen«, sagte er. »Die werden nach ihr suchen. Sie sollte wenigstens einen kleinen Vorsprung haben.«
Er schlenderte Richtung Strand.
Und ich ging mit. Hatte ja echt nichts Besseres zu tun in dem Moment.
Ist irgendwie ein komisches Meer, fand ich, diese Ostsee. Dieser kleine schmale Strand hier. Kein Vergleich zu Biarritz oder Arcachon, wo wir früher Urlaub gemacht haben. Kleine Wellen plätscherten auf den Sand, richtig bescheiden irgendwie. Ein Typ mit Hund lief am Wasser entlang. Bisschen entfernt sah ich zwei Leute Arm in Arm. Max und Laura. Setzten sich in den Sand, warteten vielleicht auf den Sonnenuntergang.
Voll romantisch.
Sahen uns aber nicht.
Hockten uns in den Sand, Lenny und ich.
Er zog den abgerissenen Zettel aus der Tasche von Precious' Jacke.
The rest is silence.
Sicher wieder Shakespeare.

Er steckte den Zettel zurück, kniff das getroffene Auge zusammen und guckte aufs Meer hinaus.
Laurenz rief mich an.
Drückte ihn weg.
»Lennard«, sagte ich. Komisch – hatte ihn noch nie bei seinem richtigen Namen genannt. »Lennard, diese Geschichte hier ist niemals passiert. Niemand wird jemals davon erfahren. Kommen wir klar?«
»Wieso eigentlich?«, fragte er. Wie blöd kann man sein?
»Immerhin hast du sehr viel Geld ausgegeben, um Precious aus der Klemme zu helfen. Vielleicht kann sie sich wirklich ein neues Leben in Schweden aufbauen, mit ihrer neuen Identität. Und du wirst die Summe bei Laurenz abstottern müssen.« Wieder grinste er. »Da hast du aus Versehen was Gutes bewirkt.«
Was Gutes.
Aus Versehen.
Hart wollte ich sein.
Bosshaft.
Komisch, wie schnell die Sonne verschwindet. Hab nie drauf geachtet, kann man ja richtig zugucken, wie sie untergeht.
Max und Laura verschwanden irgendwann auch.
Dämmerung.
Wurde langsam kalt.
»Na los«, sagte ich.
Wir standen auf im letzten Licht, liefen runter in den Sand.
Er holte weit aus.
Warf den Parka fast bis zum Wasser.
Gab ja hier kaum Ebbe und Flut.
Würde vielleicht morgen früh noch da liegen.

Würde einer finden und denken, dass … was weiß ich.
»Lennard«, sagte ich. »Kein Sterbenswort zu keinem jemals, solange du lebst.«
Sah mich lange an aus seinem einen Auge.
»Okay«, sagte er dann und gab mir die Hand.
Ich griff zu mit der Hand, mit der ich ihn geschlagen hatte, die tat immer noch weh.
Er drückte sie ein bisschen zu fest.
Wir gingen langsam über die Düne zurück zur Straße, die Richtung Gästehaus führt.
Da trennten wir uns. Er ging rein, ich stand noch ein bisschen draußen auf der Straße.
Fühlte mich seltsam leicht.
Kam mir plötzlich wer entgegen. Frauengestalt. Dachte ganz kurz, Daria. Hätte mich gefreut.
War bloß Nessa.
Freute mich in dem Moment aber auch.
Hatte wirklich geglaubt, dass er die Fresse hält.
Bis heute.

7

Constantin

Totenstille im Keller.
Krass. Kann selber nicht glauben, dass ich echt die ganze Geschichte erzählt habe. Also fast. Das mit Daria und Nessa hab ich natürlich weggelassen.
Aber den ganzen Rest.
Glotzen mich und Lenny an mit offenen Mündern.
Hätten mir das nicht zugetraut.
Verdammt viel, sicher. Aber nicht das.
Das nicht.
Dass ich mich für achttausend Euro verschulde und Precious ein neues Leben schenke.
Ich meine – das war doch am Ende das, was ich getan habe, oder?
Darauf kommt's doch an.
Scheiß drauf, was ich vorher dachte oder wollte. Oder gemacht hätte.
Nur, was hinten rauskommt, zählt.
Muriel.
Heult die gleich?
Glotzt die ganze Zeit an die Decke.
An den Beamer.
Sicher, weil sie mir jetzt nicht mehr in die Augen gucken kann.

Özge

Ich halte eine abgebrannte Kippe zwischen den Fingern und ein langer Aschestumpen fällt ins Whiskyglas. Ich lasse auch die Kippe hineinfallen und stelle das Glas auf den Boden neben meinen Sessel.

Die Frage ist nicht, ob ich Constantin und Lennard glaube. Ich glaube jedes verdammte Wort. Die Frage ist, wie ich das alles finde. Ich kann gar nichts fühlen.

Constantin sagt: »Ihr habt das schon geschnallt, oder? Ihr kriegt das klar, dass ich Precious ein neues Leben ermöglicht habe, ja?« Er scheint das tatsächlich so zu meinen. »Das allein ist der Fakt, der zählt. Ihr könnt mich dafür verurteilen oder auch nicht, ganz wie ihr mögt, das ist euer Ding. Hauptsache, es bleibt dabei, was ihr versprochen habt: Es darf niemand wissen, worüber wir hier geredet haben. Schon gar nicht Laurenz. Denn sonst bin ich raus bei ihm. Bei der Firma von seinem Alten.«

Wie erbärmlich.

»Spar dir deine verdammten Fakten«, rufe ich. »Du wolltest sie vergewaltigen! Du hättest es getan, wenn Lennard nicht eingegriffen hätte.«

Constantin zuckt unwillkürlich zurück.

»Neues Leben ermöglicht, pah! Du *wolltest* es tun. Du hast Precious zwei Wochen lang in dem Bewusstsein gelassen, dass sie sich euch beiden hingeben muss, um den Ausweis zu bekommen. Was muss das für eine Qual gewesen sein!«

Er weicht meinem Blick aus.

Ich sehe zu Muriel. Sie hat von Anfang an recht gehabt. Und niemand von uns hat es geglaubt. Eigentlich ist das jetzt ihr Augenblick. Sie hat es uns allen gezeigt, auch mir. Doch sie wirkt nicht erleichtert, im Gegenteil, sie zittert, sie bebt richtig. Was ist das – Wut, Trauer, Angst? Oder Scham?

»Ich dumme Kuh!«, zischt Daria plötzlich und greift sich an den Kopf. »Du hattest geplant, Precious zum Sex zu zwingen an demselben Tag, an dem du in meinem Bett gelegen hast. Ich fass es nicht. Und ich hatte fast noch ein schlechtes Gewissen, nachdem du so plötzlich gegangen warst. Ich hätte dich an dem Abend sogar noch gesucht, wenn nicht Muriel zu mir gekommen wäre, um mich aus der Dusche zu holen.«

»Hör auf, Daria!«, schreit Muriel, dann kippt ihre Stimme weg.

»Nein, ich höre nicht auf. Hast du nicht vorhin gesagt, dass wir jetzt alles klären werden? Das gehört auch dazu. Wo warst du überhaupt die ganze Nacht, Con? Muriel hat gesagt, dass sie überall nach dir gesucht hat. Wo warst du?«

Constantin senkt den Blick.

»Bei Nessa«, murmelt er.

»Aufhören!«, brüllt Muriel, springt auf und fällt beinahe hin, taumelt aus dem Kellerraum in den Flur und zur Treppe nach oben.

Scheiße, das ist alles so dermaßen krank hier. Noch viel kränker, als ich dachte.

Ich stehe auf und sage: »Jetzt reicht es mir echt. Ich brauche noch eine Zigarette. Aber diesmal wirklich draußen. Ich muss an die Luft.« Ich schaue auf Daria und Constantin, deren Blicke seltsam aneinander haften. »Das jetzt geht nur noch euch beide was an.«

»Warte, ich komme mit«, ruft Lennard.

Er nimmt sein Handy aus dem Stapel und folgt mir. Oben im Erdgeschoss sehen wir ein Gespenst. Es ist Muriel, die ganz langsam die Treppe zum ersten Stock hochsteigt. Beinahe in Trance, Stufe um Stufe. Wir beachten sie nicht weiter, sondern gehen durchs Wohnzimmer hinaus in den Garten. Die tiefblaue Dämmerung umhüllt uns kühl und freundlich. Ein erster Stern steht friedvoll am Himmel. Ich atme durch, hole meine Zigaretten hervor und zünde eine an. Nehme einen Zug, schüttle den Kopf, puste geräuschvoll den Rauch aus meiner Lunge, schüttle noch einmal den Kopf und kann es immer noch nicht fassen.

Da erst wird mir überhaupt das Wichtigste klar.

»Precious lebt«, rufe ich. »Sie ist am Leben. Das ist so …« Ich drehe mich zu Lennard um, der gerade sein Handy aus dem Flugmodus zurückholt. »Ist sie jetzt wirklich in Schweden? Hast du noch mal irgendwas von ihr gehört?«

»Leider nein. Aber ich denke einfach, dass sie dort ist. Und dass es ihr gut geht. Also ich hoffe es halt.«

»Was für eine unglaubliche Geschichte. Und ich kann es nicht fassen, dass sie Constantin wirklich gefragt hat.« Ich ziehe lang und tief an der Zigarette. »Sie hat dieses Arschloch echt nach Geld gefragt. Sie hat sich ihm angeboten! Meinetwegen! Aber hätte ich das ahnen können? Hätte ich das wissen müssen? Wie hätte ich das verhindern sollen? Ich meine … hätte ich dieses Haus hier schon gekannt, hätte ich gewusst, dass Muriel so reich ist, hätte ich natürlich … ach, Kacke.«

Ich muss an meine Diskussion mit Precious denken. Daran, wie ich ihr vorgeschlagen hatte, auf dem Bauwagenplatz unterzutauchen. Wie aberwitzig.

Ich fasse Lennard an der Schulter und sage: »Du warst mutig, echt. Aber warum hast du nie darüber gesprochen? Hast du dich wirklich daran gebunden gefühlt, dass du Constantin dein Wort gegeben hast?«

»Ich hätte euch gern davon erzählt«, sagt er. »Echt jetzt – also dass ihr wisst, dass sie nicht tot ist. Aber ich dachte, wenn sich das rumspricht, dann erfährt das irgendwann die Polizei und man sucht in Schweden nach ihr. Dann wär doch alles umsonst gewesen. Na ja – und Conni … er ist ein Riesenarsch und ich mag ihn nicht besonders, aber ich wollte nicht, dass er deswegen Stress kriegt. Verstehst du? Er darf keine Probleme mit seinem Job kriegen, er muss doch Laurenz die Kohle zurückzahlen.«

»Oh Mann, Lennard!«, entfährt es mir.

»Was denn?«, fragt er.

Ich weiß selbst gar nicht, was ich da gerade sagen will – Finde ich ihn zu unbedarft, zu süß, zu aufrichtig, zu menschenfreundlich? –, doch es kommt eh nicht dazu, weil in diesem Moment das Handy in seiner Hand explodiert. Es rappelt und bimmelt und führt beinahe einen Tanz auf, so viele Nachrichten und Meldungen gehen gleichzeitig ein, als das Gerät aus dem Flugmodus zurückkommt.

»Oh, Scheiße«, murmelt er. »Scheiße, Scheiße, Scheiße.«

»Was?«

»Scheiße, Özge! Wusstest du, dass Muriel einen Blog schreibt?«

»Ja, aber was hat das jetzt …«

Lennards Gesicht ist verzerrt, er starrt aus riesengroßen Augen auf sein Smartphone. Da höre ich die Stimme von Daria. Und die von Constantin. Sie klingen blechern, fast künstlich.

Weil sie aus Lennards Handy kommen.

»Das …«, stammelt er und hält mir das Gerät hin.

»Lass mich reinen Tisch machen«, sagt die Constantin-Stimme. »Es gibt zwei Sachen, die ich dir gestehen muss. Eigentlich drei.«

Ich nehme das Handy aus Lennards Hand. Auf dem Bildschirm sehe ich Muriels Keller. Daria, die auf der Lehne meines Sessels hockt. Constantin, der noch immer in seinem sitzt und sich zu ihr herumdreht.

»Die erste Sache ist, dass ich durchs Abi gefallen bin. Mit Pauken und Trompeten. Hab es bis jetzt keinem erzählt. Nicht mal meinen Eltern, keiner weiß es. Hab echt noch keine Ahnung, wie ich damit umgehen soll. Vielleicht geht da trotzdem was mit der Firma von Laurenz' Altem, vielleicht kann man was drehen, keine Ahnung.«

Ich brauche eine Weile, um zu verstehen, dass das echt ist. Und live. Dass nicht Lennard irgendwann im Laufe des Abends heimlich ein Gespräch der beiden mit seinem Handy gefilmt hat – wie sollte er auch? Sondern dass das, was wir sehen und hören, gerade in diesem Augenblick geschieht.

»Die zweite Sache ist das mit Nessa.« Er räuspert sich. »Es war nicht nur die Nacht auf der Studienfahrt. Hab sie immer wieder mal getroffen, zwischendurch. Gestern erst. Hab dich mit ihr betrogen. Aber ich beende das. Noch heute. Denn … das ist die dritte Sache: Hab irgendwie heute Abend gespürt, dass du mir echt wichtig bist, Daria.«

»Wie kommt das auf dein Handy …«, frage ich Lennard tonlos.

»Online«, sagt er genauso tonlos. »Das ist online. Auf Muriels Blog. Und auf Facebook. Und Instagram. Und wer weiß, wo sonst noch.«

Ganz langsam rattert es in meinem Hirn. Wie lange schon?, frage ich mich. Den ganzen Abend schon? War alles, was wir dort unten gesagt und getan haben, die ganze Zeit über online?

»Hab mich mein ganzes Leben über mit Lügen durchgeschlagen«, sagt Constantin. »Halbwahrheiten, Schummeleien. Aber damit ist Schluss. Kein Bock mehr auf Lügen. Weißt du? Ich wär echt gern so wahrhaftig wie du. Die Wahrheit ist: Ich liebe dich, Daria.«

Igitt! Ich würde das Handy gern fallen lassen und wegrennen. Aber das geht nicht, es hat sich in meine Handfläche eingebrannt.

Muriel!

»Ich bin nicht so wahrhaftig, wie du denkst«, entgegnet Daria. »Es stimmt, ich hasse Lügen mehr als alles andere. Trotzdem gibt es in meinem Leben eine große Lüge. Und das …« Obwohl der Bildschirm so klein ist, sehen wir, dass ihr die Tränen kommen.

Zum zweiten Mal an diesem Abend lasse ich eine Zigarette zwischen meinen Fingern verglühen.

Muriel

»Und das bist du, Constantin«, sagt Daria. »Ich kann nicht mit dir zusammen sein. Selbst, wenn ich dir alles verzeihen würde. Deine Lügen, das mit Nessa oder wie du mit Precious umgegangen bist. Doch der eigentliche Grund, warum ich nicht mit dir … es ist so … ich glaube, ich stehe nicht auf Männer. Ich glaube, ich bin lesbisch.«

Hinter mir tobt die Ratte durch ihren Käfig und schreit mir zu, dass ich endlich den Stream kappen soll. Ich bin paralysiert. Kann nur dasitzen und auf den Bildschirm des Laptops starren. Precious' Plastikschädelwecker schaut teuflisch grinsend zu.

»Oh«, macht Constantin nur.

Er steht auf und scheint zu wanken. Vielleicht macht sich der Whisky bemerkbar. Oder Darias Worte haben ihn ausgeknockt. Er schaut an die Decke, als würde er nach Hilfe suchen. Als würde er mich ansehen und sich von mir einen Rat erhoffen. Meine Hand liegt bleischwer auf der Computermaus und ist absolut unfähig, irgendetwas zu tun, um das hier zu beenden.

Aber Constantin wankt nicht. Nicht er, sondern das Bild.

Der Kellerraum beginnt stumm zu beben, dann springt mir plötzlich Constantins überraschtes Gesicht entgegen, dann seine Füße. Der ganze Keller rollt und überschlägt sich zwei-, dreimal, dann nähert sich eine riesige Hand, so groß wie mein ganzer Bildschirm. Das Bild wird dunkel, dann wieder hell. Überlebensgroß sehen mich zwei Augen an.

Kaum hörbar zischt Constantin meinen Namen. Langsam und gedehnt. *Muuuurieeeel.* Als wäre es kein Name, sondern ein Fluch.

Die Augen fliegen fort, dann sehe ich weit oben die Decke des Raumes mit dem Beamer. Er hat die Kamera auf den Boden gelegt. Im nächsten Moment rauscht der Absatz seines Schuhs auf mich zu und nimmt für einen winzigen Augenblick den ganzen Bildschirm ein, bevor alles schwarz wird. Das verzweifelt schrille Piepen des zermalmten Mikrofons erfüllt mein ganzes Zimmer. Danach herrscht Stille. Für eine ganze Weile.

Dann höre ich Schritte unten im Flur.

»Muriel?« Das ist Özge. »Muriel? Wir müssen reden. Kommst du herunter oder sollen wir zu dir nach oben kommen?«

Nur das nicht.

Mit letzter Kraft ziehe ich mich hoch, stütze mich am Schreibtisch ab und gehe hinunter. Am Ende der Treppe erwartet mich mein Tribunal. Die vier stehen in einem Halbkreis. Sie haben ihre Handys eingeschaltet und die hektischen Signaltöne eintreffender Nachrichten klingeln durch den breiten Flur. Daria hält die zersplitterten Überreste meiner Überwachungskamera in der Hand. Das Beweisstück der Anklage. Darias Miene verrät keine Regung. Özge funkelt mich zornig an, Lenny macht ein unglückliches Gesicht. Constantin ist kreidebleich. Es ist dasselbe gepflegte Gesicht, derselbe definierte Körper, aber sein Blick ist gebrochen, die Haltung eingesunken.

»Glückwunsch, Muriel.« Er bewegt kaum die Lippen dabei. »Du hast mein Leben zerstört.«

Das wollte ich nicht, würde ich gern sagen. Doch das stimmt nicht. Ich habe genau das die ganze Zeit über gewollt.

»Du brauchst Hilfe, Muriel«, sagt Özge kalt. »Ganz dringend. Was du hier abgezogen hast, ist das Kränkste, das ich jemals erlebt habe. Du hast uns wie Laborratten in deinen kranken Keller gesteckt und uns der ganzen verdammten Welt zum Fraß hingeworfen. Ist dir das überhaupt klar?«

Ich nicke nur.

»Wir müssten dich eigentlich anzeigen«, fährt sie fort, »oder verklagen oder was auch immer. Aber was soll das noch bringen.«

Constantins Handy klingelt. Er drückt den Anruf weg. Es klingelt wieder. Er grunzt entnervt, wendet sich ab und geht ins Wohnzimmer.

»Also …«, macht Lenny, »ich hol dann mal mein Zeug.«

Er läuft die Treppe hinunter. Aus dem Wohnzimmer hören wir Constantin.

»Nein, Alter, warte doch mal, lass mich das … hör mir doch erst mal … Nein, Mann. Ja, du auch. Ja, fick dich doch selber, Mann. Hey, weißt du was?« Plötzlich dringt da wieder ein Stück des alten Constantin durch, den wir kennen. »Fahr zur Hölle, Bro!«

Lenny kommt zurück, verstaut sein Tablet in der abgewetzten Collegetasche und sieht mich an. Er würde gern irgendetwas sagen, klappt aber nur den Mund auf und wieder zu. Sein Kopf ist zu voll. Oder zu leer.

»Ich …«, beginnt er, »ich … ach, vergesst es. Lenny is raus. Gute Nacht.«

Er wirft sich die Tasche über die Schulter und geht. Die

Haustür lässt er einfach offen. Ein kühler Windstoß fährt herein, durch den Flur und das Wohnzimmer zur Terrassentür. Dort steht Constantin, dessen Smartphone schon wieder losplärrt. Auch Özges Handy vibriert. Sie wirft einen Blick darauf, aber anstatt den Anruf anzunehmen, hält sie mir das Gerät genauso anklagend hin wie Daria die zerstörte Kamera.

»Ich hab keine Ahnung, was ich den Leuten sagen soll«, schimpft sie. »Wenn die alle fragen, was hier abgeht. Keine Ahnung, denn ich versteh es ja selbst nicht. Es ist ein Albtraum, Muriel, hörst du? Ein Albtraum.«

»Aber ich …«, hören wir Constantin sagen. »Nessa, lass mich doch … Nessa, nein, ich … Nessa … Fotze.«

Özges Handy hört endlich auf zu vibrieren, sie lässt die Hand sinken und seufzt tief. Im Wohnzimmer tritt Constantin gegen einen Sessel. Soll er halt randalieren. Erinnert mich ein bisschen daran, wie meine Ratte oben manchmal in ihrem Käfig rumzappelt. Özge mustert mich stumm, als hege sie eine letzte vage Hoffnung, ich könnte vielleicht doch noch eine schlüssige Erklärung für all das liefern. Dann gibt sie sich selbst die Antwort, indem sie einfach den Kopf schüttelt.

»Muriel, gute Besserung«, sagt sie schließlich und wendet sich zum Gehen. »Die Frage ist nicht, ob *ich* dir jemals verzeihen kann. Sondern, ob *du* dir jemals verzeihen kannst.«

Sie geht durch die offene Tür hinaus.

Ich nehme Daria die zerstörte Kamera aus der Hand und lasse sie einfach zu Boden fallen. Als wäre Daria bis jetzt ebenfalls im Flugmodus gewesen und ich hätte sie mit dieser Bewegung reaktiviert, wird sie plötzlich lebendig.

»Vielen Dank auch«, sagt sie voll Bitterkeit in der Stimme. »Ich wollte mich immer schon live im Internet outen.« Ihr Sarkasmus überrascht mich. »Toll, dass jetzt jeder aus der Stufe und auf der ganzen Welt meine intimsten Geheimnisse kennt.«

Constantin kommt zurück. In seinen Augen flackert was. Beinahe wie am Beginn des Abends, als er ankam und noch voll unter Drogen stand. Diesmal ist es ein körpereigener Trip.

»Hast du eine Ahnung«, fragt er mich, »wie das ist? Lebst dein Leben, hast Pläne für die Zukunft, aber – plötzlich zack, bum, aus? Alles pulverisiert von einer Sekunde auf die nächste? Dein ganzes Leben nur noch ein verfickter rauchender Trümmerhaufen?«

»Die Frage solltest du lieber Precious stellen« sage ich kühl. »Die könnte dir viel darüber erzählen, wie es ist, wenn man gar nichts mehr hat. Keine Heimat, keinen Schutz, nur noch den eigenen Körper, um ihn … an so was wie dich zu verkaufen!«

»Du hast keine …«, entfährt es ihm. »Ach, vergiss es. Du bist so dermaßen selbstgerecht, du bunkerst dich hier in der Hütte von deinem Alten ein und vom Leben hast du echt null Ahnung. Du laberst von Precious, aber *dir* hat ja noch nie einer die Zukunft zerstört.«

»Oh doch. Ich habe das erlebt, und eigentlich erlebe ich es jeden Morgen nach dem Aufwachen wieder von Neuem.«

»Dann hoffe ich«, sagt er, »dass das bei dir für immer so bleibt. Dass du an jedem scheiß verkackten Morgen in der fucking Hölle aufwachst bis an dein fucking Ende.«

»Abgemacht«, nicke ich.

»Gut«, sagt er.

Dreht sich um und geht ebenfalls.

Jetzt steht nur noch Daria vor mir.

»Es tut mir leid«, flüstere ich und will ihre Hand ergreifen.

Aber sie weicht zurück.

»Tut es nicht!«, schreit sie. »Und fass mich nicht an!«

Seltsam. Während der letzten drei Minuten habe ich mehr Facetten von ihr kennengelernt als während der vier gemeinsamen Schuljahre.

»Ich weiß schon«, schreit sie, »du hast es nur gut gemeint! Du wolltest was für Precious tun. Alle wollten was für Precious tun. Özge mit ihrer geplatzten Demo. Und auch ich mit dieser verfluchten Idee, dass wir nach Rerik fahren. Sogar Con denkt noch, er hätte am Ende was Gutes getan.« Darias Stimme kippt. »Ihr habt sie alle nur benutzt«, schluchzt sie. »*Wir* alle haben Precious nur benutzt, um unsere Vorstellungen von uns selbst zu verwirklichen.«

Ihre Tränen laufen nicht an ihrem Gesicht herab, sie schießen aus den Augen hervor wie bei einer Anime-Figur. Noch niemals habe ich einen Menschen so herzzerreißend weinen sehen. Ich will sie in die Arme nehmen, will sie so fest an mich drücken wie damals, als ich sie aus der Dusche holte.

»Fass! Mich! Nicht! An!«, brüllt sie aus vollen Lungen. »Nein heißt Nein, auch unter Frauen!«

Sie weicht noch weiter zurück, ich fasse ins Leere und kippe beinahe vornüber dabei, fange mich auf und muss mich setzen. Lasse mich auf der untersten Treppenstufe nieder und strecke noch einmal verzweifelt meine Hände nach ihr aus.

Sie zieht sie die Nase hoch, wischt die Tränen fort und sagt: »Ja, es war damals schön, dich zu spüren, Muriel. Ich hätte mich in dich verlieben können. Vielleicht hab ich das sogar. Aber jetzt ... du hast einfach alles kaputt gemacht. Alles. Leb wohl.«

Und so wendet auch sie sich ab mit ihrem wippenden Rock und dem fliegenden Goldhaar, sieht überhaupt nicht mehr wie ein Püppchen aus, eher wie ein Erzengel, der in die Nacht hinausfliegt.

Lennard

Klar, dass der Bus gerade weg ist & der nächste erst in 'ner halben Stunde kommt. Ich lass mich auf die Bank fallen & guck mir noch mal die ganze Katastrophe auf dem Handy an. Auf Facebook & in den ganzen WhatsApp-Gruppen von unserer Stufe diskutieren die Leute, was da gerade passiert ist. Manche denken, das wär nur 'n Prank oder 1 von uns hätte 'ne Wette verloren oder iwie so was, andere meinen, das wär alles ganz typisch für Muriel, die hätte uns jetzt voll die Abifeier versaut mit der Nummer. Aber 1 paar witzige Sachen gibt's auch schon, zum Beispiel Juan, der hat das wohl mitgeschnitten & aus der Szene, wo Constantin am Schluss fast die Kamera auf den Kopf fällt, 1 kleines Gif gemacht & hochgeladen. Ja, dieser Juan. Immer für 1 Witz gut. Hm ... Selbst, wenn's echt überhaupt gar nix mehr zu lachen gibt. Viele – v. a. Jungs – streiten sich voll über Constantin & was er getan hat oder eben nicht getan hat. Was mich betrifft – 1 paar Leute finden, ich wär voll der Held. Andere meinen, ich wär ein Feigling, weil ich mich nicht gleich von Anfang an mit Conni angelegt hab. Oder die sagen, ich hätte Precious zumindest vorwarnen müssen. Oder sind sauer, dass ich nie was davon erzählt hab.

Auf WhatsApp habe ich mehr als 30 Sprachnachrichten. Ich werd sie nicht abhören.

Iwie ist mir auf 1mal total egal, was die anderen aus der Stufe über mich denken. Wir haben Abi & die Schule ist vorbei & ich muss ja keinen von denen noch mal wiedersehen.

»Hey, Lennard.« Plötzlich steht Özge vor mir. »Wolltest du auch mit der Sieben fahren?«

»Ja. War leider gerade weg.«

»Darf ich?« Sie hockt sich neben mich. »Das war's wohl mit unserem Abifilm, hm? Oder hast du nach dieser ganzen Geschichte noch Lust, den Film fertig zu schneiden?«

»Nee, echt nicht. Und irgendwie war das ja heute schon der Abifilm, oder? Und jeder hat ihn gesehen. Deshalb werd ich nächsten Samstag auch nicht zu der Feier gehen.«

»Warum nicht?«

»Das bring ich nicht. Ich fühle mich total blamiert. Dabei kann ich noch nicht mal sagen, wegen was genau. Ich weiß ja selber nicht, ob ich gut finde, wie ich mich damals verhalten hab. Oder eher nicht so doll. Und dadurch, dass Muriel uns die ganze Zeit gefilmt hat, ohne dass wir das wussten – jetzt meinen alle, dass sie zu mir eine Meinung haben müssten, zu meinem Verhalten …«

»Aber hey«, sagt sie mit ihrer Zartbitterschokoladeneisstimme und guckt mich an. »Keine Ahnung, ob man eine Meinung zu dem haben muss, was du getan hast. Ich weiß bloß, was *ich* getan habe. Nämlich nichts, was Precious geholfen hat. Ich … na ja, ich halte gern kluge Reden gegen Ungerechtigkeit und Unterdrückung und dachte immer, dass ich ganz besonders empathisch und menschenfreundlich bin. Dabei benehme ich mich manchmal wie ein Trampeltier und verletze oft Leute. Du nicht. Ich kann mir vorstellen, dass du noch nie einem anderen wehgetan hast. Im Gegenteil. Du bist ein großer Menschenfreund, weißt du das eigentlich?«

Wow. Darauf fällt mir keine Antwort ein. Außer einer. Bevor ich noch drüber nachdenken kann, beuge ich mich zu ihr rüber & küsse sie. Sie küsst mich zurück & dann grinst sie.

»Ich dachte, du kannst nur küssen, wenn du verliebt bist. Machst du für mich eine Ausnahme?«

»Vielleicht ist das gar keine Ausnahme«, sag ich.

Muriel

Noch immer sendet mein Blog ein schwarzes Bild hinaus ins Netz. Ich habe die Leinenbluse von mir geworfen, die ich angezogen hatte, als Lenny kam. Meine Haut brennt wie Feuer, ich reiße das Fenster auf. Du brauchst mich nicht zu erinnern. Ich weiß genau, was ich über Constantin gesagt habe. Und natürlich hast du recht, wenn du nun meinst, dass ich in Wahrheit genauso von unstillbarer Gier und eitlem Machtstreben getrieben bin wie er. Und jetzt bin ich es selbst, die reumütig und zerknirscht dasitzt. Bußfertig.

Unten steht noch immer die Haustür offen. Wenn nachher ein Lynchmob hier auftaucht, mit brennenden Fackeln und Mistgabeln in Händen und einem Galgenstrick für mich, sollen sie meinetwegen hereinkommen und kurzen Prozess mit mir machen.

Immerhin herrscht draußen im Internet die weitverbreitete Ansicht, dass ich durch meine Aktion »uns allen« die Abifeier versaut hätte. Inwiefern eigentlich? Das steht leider nicht da. Dann sehe ich einen Kommentar von Betül. Sie schreibt: »Hey, Leute, schnallt ihr nicht, was das Ganze bedeutet? Es bedeutet, dass Precious am Leben ist! Wir wissen nicht, wo oder wie, aber sie lebt. Das ist doch ein Grund zum Feiern!«

Recht hat sie. Warum also freue ich mich nicht? Sollte ich nicht singen, tanzen und jubilieren, anstatt mich taub und besiegt zu fühlen?

Ich scrolle weiter durch die Kommentare und bleibe bei dem Beitrag von *Josephine* hängen: *Das ist nicht gut.*

Von Josephine gibt es keine Fotos. Das Titelbild ist schwarz und das Profilbild zeigt einen Falken. Das Wappentier der nigerianischen Fußballnationalmannschaft der Frauen. Ihre Freundesliste ist nicht öffentlich. Es lässt sich also nicht einmal sagen, ob sie durch jemanden aus der Stufe auf meinen Livestream aufmerksam geworden ist. Oder durch meinen Blog. Die Vorstellung wärmt mich plötzlich, dass Precious in ihrem fernen Schweden sitzt und meinen Blog liest. Während ich sie auf dem Grund des Meeres wähne. Mit einem versöhnlichen Gefühl male ich mir aus, wie sie jeden Abend in ihrem Gästezimmer bei Tante Olivia in Stockholm den Laptop hochfährt, um als Erstes nachzuschauen, ob ich etwas Neues geschrieben habe. In Stockholm oder Malmö oder irgendwo oben am Polarkreis. Bei ihrer Tante, die tatsächlich existiert, oder meinetwegen stattdessen in irgendeinem Studentenwohnheim oder in der Dachkammer einer kleinen Spelunke, in der sie abends den Abwasch erledigt. Auf keinen Fall in irgendeinem räudigen Bordell. Nie wieder wird Precious ihren Körper verkaufen. Ich weiß nicht, warum ich da so sicher bin. Vielleicht liegt es an der kleinen Plastikkarte. Dem deutschen Personalausweis.

Precious

Ich sitze in einem Bus und sehe auf mein Cell Phone. Warum nur hat Muriel das getan? Ich verstehe es nicht. Warum hat sie Constantin bloßgestellt? Und Daria, Özge, Lennard, sich selbst? Und mich? Ob nun die Polizei nach Josephine Schmitz suchen wird? Jetzt, wo alle wissen, dass es ein falscher Name ist? Nein, so ein Mädchen aus Afrika ist doch viel zu unbedeutend.

Der Bus fährt in den Abend hinein. Im Gegenlicht der sinkenden Sonne sieht die Skyline der Stadt staubig aus. Aber freundlich. Im Gegenlicht ist jede Stadt freundlich. Yola und Agadez, Bengasi oder Mailand, Stockholm oder hier.

Einmal hat Muriel zu mir gesagt, dass sie bloggt. Sie hat

mir einen Milchshake gekauft und mich Sachen gefragt. Das ist nicht schön für mich gewesen, denn seit ich auf der Flucht bin, muss ich andauernd auf Fragen antworten. Fragen von der Polizei, von lokalen Behörden; da wollte ich nicht auch noch auf die Fragen von Freunden antworten. Sie wollte doch meine Freundin sein oder habe ich das falsch verstanden? Ich bin nicht ihre Freundin geworden. Aber ich habe an dem Abend im Internet nach ihrem Blog gesucht. Ich habe ihn gefunden. Und seitdem habe ich fast jeden Abend darin gelesen. Bis heute.

Precious … Josephine … Sich an einen neuen Namen zu gewöhnen, ist weniger schwierig, als du vielleicht denkst. Aber ich habe keine Lust auf einen neuen Namen. Dieser war sehr teuer. Wie du ja jetzt weißt. Wie jeder jetzt weiß. *Precious Mamza* hat damals gar nichts gekostet. Aber ich habe ihn geliebt …

Ja, richtig. Ich bin nicht immer Precious gewesen. Und ich wusste, dass ich nicht immer Precious sein würde. Jetzt möchtest du wissen, wer ich wirklich bin. Doch das weiß ich schon nicht mehr. Ich habe es in all den Jahren unterwegs vergessen.

Ist das nicht eine eurer Redensarten? *Ich vergesse mich,* heißt es doch. Oder habe ich das falsch verstanden? Aber sag – weißt *du* denn, wer du wirklich bist? Vielleicht trägst du dein Leben lang denselben Namen. Vielleicht hast du schon immer in diesem Land gelebt und niemand aus deiner Familie wurde erschossen oder geköpft oder entführt und vergewaltigt? Bist du deswegen klüger? Weißt du deswegen mehr, wer du bist? Genügt es nicht zu wissen, dass wir am Leben sind?

Ich steige aus dem Bus. An der Haltestelle auf der anderen Straßenseite küssen sich zwei Leute. Ich schaue auf den Zettel und folge der Straße. Sie haben mich nicht gesehen.

Muriel

Ich bücke mich nach der Tasche, die neben meinem Schreibtisch lehnt, und hole meinen eigenen Ausweis hervor. Man darf bei einem biometrischen Passfoto ja nicht lächeln. Das kam mir damals beim Fotografen sehr entgegen. Mein sechzehnjähriges Ich wirft mir einen abfälligen Blick zu. Die Muriel auf diesem Foto ist gerade erst ein Jahr zuvor in diese neue Stadt gezogen, hat die letzte Kinderfrau weggegruselt und wartet nun auf ihre Volljährigkeit, um endlich selbst zu bestimmen, wohin sie gehen möchte. Die andere Muriel hält die kleine Plastikkarte in der Hand und ist achtzehn. Bundesbürgerin, EU-Bürgerin, unerhört privilegiert im Vergleich zum größten Teil der übrigen Menschheit. Sie kann tatsächlich gehen, wohin sie will. Fast überallhin. Wann sie will. Auch jetzt sofort. Ich öffne eine Schreibtischschublade. Auf dem Sparbuch sind zwölftausend Euro, auf dem Girokonto knapp tausend. Zigtausende liegen irgendwo in Form von Fonds, Versicherungen und dergleichen, ich kann mich später darum kümmern. In meinem Portemonnaie stecken die EC- und die Kreditkarte. Ich sollte meinem Vater wenigstens eine kurze Nachricht schreiben. Später. Oder morgen, es eilt nicht. Ich nehme mein Handy und wähle die Nummer eines Taxirufs.

Unvermittelt bin ich aufgestanden, habe schon den Kleiderschrank geöffnet und einen Koffer aufs Bett geworfen, die ersten Klamotten fliegen hinein. Mein Blick bleibt am Käfig hängen. Die Ratte döst vor sich hin. Ob ich sie mitnehme? Es klingelt. Dabei steht die Tür doch offen. Ist es nun doch der Lynchmob? Oder einer meiner vier Gäste, der was vergessen hat? Constantin, der sich bei dem ominösen John rasch eine Pistole besorgt hat, um mich abzuknallen? Es klingelt abermals. Steht etwa das Taxi schon vor der Haustür?

»Moment noch!«, rufe ich.

»Muriel?«

Mijuriel.

Mein Herz setzt einen Schlag aus. Ich will zur Treppe laufen, aber meine Beine zweifeln an meinem Verstand. Also schlage ich beinah der Länge nach hin, fange mich auf, taumle zur Treppe und stolpere die Stufen hinab.

Precious trägt ein straffes Tanktop, ihre Haare sind kürzer als damals. In der Hand hält sie einen zerknitterten Zettel. Einen Streifen Karopapier, auf dem in meiner eigenen Schrift meine Adresse geschrieben steht.

»Ich hatte doch gesagt«, sagt sie, »du sollst nicht schlecht von deinen Freunden reden.«

»Das sind nicht meine Freunde«, sage ich und schließe sie in die Arme. »Nie weniger als jetzt.«

Sie lässt es zu, erwidert sogar meine Umarmung.

»Wo kommst du her?«, frage ich. »Doch nicht aus Schweden.«

»Nein, da war es nicht schön.«

»Hast du deine Tante nicht gefunden?«

»Da ist keine Tante. Es war ausgedacht.« Sie schaut mich an, ohne jeden Anschein eines schlechten Gewissens. »Ich wollte einfach nur nach Schweden, weil alle sagten, dort sei es gut. Aber der Winter ist viel zu dunkel. Da bin ich zurückgegangen nach Deutschland. Ich war in Berlin und in München und überall, ich habe einen Ausweis, ich kann überallhin. Vor drei Wochen bin ich noch einmal hierhergekommen, in deine Stadt. Ich schlafe in einem Bauwagen, weißt du? Sie haben einen ganzen Tag lang diskutiert und am Ende haben sie gesagt, dass ich eine Weile bleiben kann. Wie lange eine Weile ist, weiß ich nicht. Das haben sie nicht gesagt. Heute Abend habe ich auf dem Cell Phone gesehen, was du getan hast, Muriel.« Sie schiebt mich ein Stück von sich, aber ohne mich loszulassen. »Das war nicht gut«, sagt sie ernst. »Ich habe es gesehen und wollte dich anrufen. Aber da war nur die Mailbox. Also habe ich einen Bus gesucht und bin hergefahren, damit du aufhörst. Aber ich komme zu spät.«

»In jeder Hinsicht«, sage ich bitter. Dann nehme ich ihre Hand und ziehe sie mit mir. »Komm, ich habe da noch etwas, das dir gehört.«

Sie folgt mir nach oben. Ihr Blick fällt sofort auf den grinsenden Schädelwecker. Tatsächlich lächelt sie.

»Den brauche ich nicht mehr«, sagt sie.

Dann zeigt sie auf den Koffer auf meinem Bett.

»Wirst du verreisen?«

»Ja. Für eine Weile. Und ich weiß auch noch nicht, wie lange diese Weile dauert. Vielleicht für immer.«

Ich nehme wahllos weitere Anziehsachen aus dem Schrank

und werfe sie, ohne sie zu falten, in den Koffer. Schließlich klemme ich meinen Laptop ab, packe ihn obendrauf und schließe den Koffer.

»Wohin wirst du fahren?«, fragt Precious.

»Zum Flughafen. Ich nehme einfach die nächste Maschine, egal zu welchem Ziel.«

Ein Rappeln. Die Ratte ist aufgewacht. Sie und Precious beäugen einander mit neugierigen, unbefangenen Blicken.

»Wie heißt sie?«, fragt Precious.

»Sie hat keinen Namen.«

»Wirst du sie mitnehmen?«

»Du kannst sie haben, wenn du magst«, biete ich an. In meiner Vorstellung passt eine Ratte gut auf einen Bauwagenplatz. Sind das nicht alles alte Punker dort und trägt nicht jeder Punker immer eine Ratte auf seiner Schulter? »Der Bauwagenplatz!«, stoße ich hervor. »Seit drei Wochen lebst du dort. Mitten in unserer Stadt! Wärst du eigentlich auch dann zu mir gekommen, wenn du nicht meinen Livestream im Internet gesehen hättest?« Ich höre, dass ich sie in voller Lautstärke anschreie. »Kannst du dir vorstellen, dass ich seit über einem halben Jahr dachte, du wärst tot? Dass ich um dich getrauert habe? Und du hast dich kein einziges Mal bei mir gemeldet. Nicht das winzigste Lebenszeichen. Was hast du eigentlich getrieben, während all der Monate?«

Statt einer Antwort öffnet Precious den Käfig und nimmt die Ratte behutsam heraus.

»Wenn du sie mir schenkst, werde ich sie freilassen«, sagt sie. »Es ist nicht gut, in einem Käfig zu sein. Für kein Geschöpf. Aber vorher braucht sie einen Namen. Ohne Namen gibt es keine Freiheit.«

Ich warte noch immer, dass sie auf meine Vorwürfe eingeht. Aber das wird sie niemals tun. Sie schuldet mir gar nichts, und das weiß sie.

»Constantin«, sagt sie plötzlich und streicht der Ratte über den Rücken. »Lass sie uns Constantin nennen.«

»Das ist ein Weibchen«, sage ich. Aber dann muss ich lachen.

Draußen hupt ein Auto.

»Okay, warum nicht? Dann also Constantin«, sage ich.

Ich wuchte den Koffer vom Bett und stelle ihn an die Treppe, stecke den Ausweis zurück in meine Handtasche, dazu das Sparbuch aus der Schreibtischschublade, und hänge sie über meine Schulter.

»Josephine Schmitz«, sage ich, »hast du zufällig deinen gottverdammten, achttausend Euro teuren Personalausweis dabei?«

Sie nickt.

»Willst du mit mir kommen? Sagen wir … für eine Weile?«

Wieder nickt sie. Ich trage meinen Koffer nach unten und Precious die Ratte. Vor der Tür wartet der Taxifahrer, sieht den Nager und hebt abwehrend die Hände.

»Das Tier nehme ich nicht mit.«

»Keine Sorge«, sage ich und drücke ihm meinen Koffer in die Hand.

Precious hebt den kleinen, flauschigen Constantin dicht vor ihre Nase und flüstert ihm etwas zu. Dann beugt sie sich zum Boden hinab. Ohne mich noch einmal anzusehen, flitzt Constantin los, biegt um eine Ecke und ist fort. Während der Taxifahrer meinen Koffer verstaut, ziehe ich die Haustür zu.

Vielleicht sollte ich abschließen, aber das kann ich jetzt nicht mehr, den Hausschlüssel habe ich drinnen gelassen. Zusammen mit dem abartigen Heimkino meines Vaters und dem Air-Hockey-Tisch nebenan und den Resten der zersplitterten Spionagekamera auf den Fliesen im Erdgeschoss. Und dem grinsenden Schädelwecker auf meinem ehemaligen Schreibtisch, der auf die offene Tür des leeren Rattenkäfigs starrt.

Liebe Nina George,
du großartige Kollegin, ich danke dir für die Inspiration.
Deine Geschichte über die fußballverrückten Mädchen in Nigeria hat mich nicht losgelassen.
Das hast du nun davon.

Herzlich
Christian